UNA AMANTE MARAVILLOSA

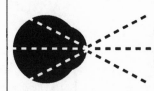

This Large Print Book carries the
Seal of Approval of N.A.V.H.

UNA AMANTE MARAVILLOSA

Lori Foster

Thorndike Press • Waterville, Maine

Published in 2004 by arrangement with Harlequin Books S.A.
Publicado en 2004 en cooperación con Harlequin Books S.A.

Thorndike Press® Large Print Spanish.
Thorndike Press® La Impresión grande española.

The tree indicium is a trademark of Thorndike Press.
El símbolo del árbol es una marca registrada de Thorndike Press.

The text of this Large Print edition is unabridged.
El texto de ésta edición de La Impresión Grande está inabreviado.

Other aspects of the book may vary from the original edition.
Otros aspectros de éste libro podrían variar de la edición original.

Set in 16 pt. Plantin.
Impreso en 16 pt. Plantin.

Printed in the United States on permanent paper.
Impreso en los Estados Unidos en papel permanente.

Library of Congress Cataloging-in-Publication Data

Foster, Lori, 1958–
    [Treat her right. Spanish]
    Una amante maravillosa / Lori Foster.
        p. cm.
    ISBN 0-7862-6196-X (lg. print : hc : alk. paper)
    1. Large type books.   I. Title.
PS3556.O767T74 2003
    813´.54—dc22   2003063446

UNA AMANTE MARAVILLOSA

Capítulo Uno

—¡Maldito seas, Conan! ¡Basta ya!

Zack Grange se incorporó bruscamente en la cama, con el corazón latiéndole muy deprisa y todo el cuerpo en tensión. Aturdido por el sueño, sus pensamientos eran confusos. Había tenido un sueño de lo más ardiente, con una mujer muy sexy, una mujer sin rostro pero con un cuerpo de diosa; entonces había oído a una mujer gritando.

Miró a su alrededor, pero su dormitorio estaba tan vacío como siempre. No había nadie escondido detrás de las cortinas, y menos aún la mujer con la que había estado soñando; sin embargo, aquella voz de mujer había sonado muy próxima. Con el corazón aún en un puño, aguzó el oído, y entonces oyó una risa de mujer. Frunció el ceño.

Miró el reloj y vio que solo eran las siete y media. No llevaba mucho tiempo en la cama y, desde luego, no le había dado tiempo a recuperarse de la agotadora noche de trabajo.

—No tiene gracia, imbécil, y lo sabes —se quejó la mujer en voz alta, sin importarle que otras personas pudieran estar durmiendo—. No puedo creer que me hayas hecho esto.

—Mejor tú que yo, cariño —se oyó una voz de hombre—. ¡Ay! Me has hecho daño.

Zack se puso de pie y se acercó a la ventana en calzoncillos. Al sentir el aire fresco de la mañana, se le puso la carne de gallina. Estaban a mediados de septiembre y las noches empezaban a refrescar. Se estiró a ver si podía aliviar el dolor de espalda; todavía le dolía de todo el peso que había tenido que levantar hacía pocas horas. Se rascó el pecho y retiró la cortina para asomarse.

«Vecinos nuevos», pensó al ver el cartel de «Se Vende» tumbado en el suelo y un montón de cajas de cartón amontonadas en el patio. Entrecerró los ojos para protegerlos de la anaranjada luz cegadora del amanecer, mientras buscaba con la mirada a la persona que gritaba.

Cuando finalmente la vio, no pudo dar crédito a sus ojos. Tenía el cabello castaño muy rizado recogido en una cola de caballo. No pudo verle bien la parte de arriba puesto que llevaba un suéter muy ancho, pero sus pantalones cortos dejaban ver unas piernas largas y atléticas.

Como hombre que era, las piernas de la mujer le llamaron inmediatamente la atención. Aturdido aún por el sueño erótico del que había despertado hacía unos minutos, se las imaginó enrolladas a su cintura, o tal

8

vez a sus hombros, y pensó en la fuerza con la que abrazarían al afortunado que estuviera colocado entre ellas, hundido entre ellas.

Pero como vecino, tenía ganas de ponerse a gritar por la falta de consideración que animaba a esa mujer a seguir vociferando a esas horas de la mañana. Con esa mujer allí, el futuro no se presentaba nada bueno.

—¿Papi?

Zack se volvió con una sonrisa en los labios, aunque en realidad estuviera deseando cometer un asesinato. Sin duda, el ruido había despertado a su hija, lo cual quería decir que ya no habría manera de que la niña volviera a la cama. Estaba exhausto, pero aun así le tendió la mano.

—Ven, cariño. Parece que nuestros nuevos vecinos se están mudando.

Dani se acercó a él arrastrando su manta de felpa amarilla. Sus piececitos sobresalían del borde del camisón. Se acercó a él y le tendió sus brazos delgados.

—Déjame ver —le pidió con esa voz de niña tan adorable.

Zack la levantó en brazos amablemente. Su hija era tan pequeña, aunque ya tenía cuatro años; tan menuda como había sido su madre. Zack la abrazó con fuerza contra su pecho desnudo. Aspiró su olor a niña y frotó su áspera mejilla contra su pelo fino y suave como el plumón.

A la niña le gustaba que le diera cariño y a él le gustaba dárselo.

Como de costumbre, Dani le dio un beso de buenos días, le echó los brazos al cuello y miró por la ventana. Zack esperó su reacción. Para tener solo cuatro años, su hija era muy astuta. En lugar de hacer innumerables preguntas como los niños de su edad, ella hacía afirmaciones. Aparte de los dos días a la semana que iba al parvulario, Dani siempre estaba en compañía de los amigos de Zack. Tal vez, la niña se expresara tan bien por pasar tanto tiempo rodeada de adultos.

—Le estoy viendo el trasero —dijo Dani frunciendo el ceño exageradamente.

Zack agachó la cabeza y lo vio. La mujer se había agachado para levantar una caja de cartón del suelo, y había separado ligeramente las piernas para no caerse. Los pantalones cortos se le subían de tal manera, que Zack le vio parte de los cachetes del trasero.

Bonito trasero, pensaba Zack con apreciación mientras entrecerraba los ojos para verla mejor.

La mujer tiró de la caja, pero entonces esta se rompió y ella se cayó de culo. De algún lugar del porche salió la risotada de un hombre.

—¿Quieres que te ayude?

Zack notó la cólera de la mujer, que le recordó a un gato enrabietado.

—¡Márchate, Conan!

—Pero pensé que querías mi ayuda —le llegó la contestación burlona.

—Tú —le dijo ella mientras se levantaba y se sacudía el polvo de las manos con fuerza—, ya has hecho suficiente.

Zack intentó ver al misterioso Conan, pero no pudo. ¿Sería su marido? ¿Su novio? ¿Y de dónde había salido ese nombre tan raro?

—¡Dios mío, es una giganta! —dijo Dani, sobrecogida cuando la mujer terminó de incorporarse.

Zack la abrazó.

—Es casi tan alta como yo, ¿verdad, cariño?

Su hija asintió mientras observaba a la mujer que vaciaba la caja con fastidio. Dani apoyó la cabeza sobre el pecho de Zack y se quedó pensativa, como hacía a menudo. Zack empezó a acariciarle la espalda, esperando a ver qué decía a continuación.

La niña lo sorprendió echándose hacia delante, colocando las manos a los lados de la boca a modo de bocina y gritando por la ventana:

—¡Hola!

La mujer se volvió, se colocó la mano de-

11

lante de los ojos hasta que los vio y entonces agitó la mano con el mismo entusiasmo con el que se había sacudido el polvo de la ropa.

—¡Hola! —contestó.

Zack, que estaba en calzoncillos, se escondió detrás de la cortina.

—¡Dani! —dijo dispuesto a taparle la boca a su hija—. ¿Qué estás haciendo?

Ella lo miró y arrugó la nariz.

—Debo ser amable con los vecinos, como tú me dijiste.

—Eso es con los vecinos antiguos. A estos ni siquiera los conocemos.

Dani empezó a retorcerse para que la bajara; cuando él la dejó en el suelo, le dijo:

—Iremos a conocerlos ahora —anunció, y se dio la vuelta.

Zack la agarró del camisón cuando ella iba saliendo ya de la habitación.

—Espera un momento, señorita. Primero tenemos que desayunar, hacer algunas tareas y fregar los cacharros. ¿De acuerdo?

Con cierto fastidio, la niña corrió a la ventana.

—Saldré después —gritó.

La mujer se echó a reír. Tenía una risa sonora y sensual, mucho más bonita que sus gritos.

—Estaré aquí, no te preocupes.

Zack se asomó sin saber qué hacer. Una

vez que su hija había llamado la atención de los nuevos vecinos, no podía actuar como si no existieran.

El hombre del porche salió al patio y sonrió. Zack pestañeó con sorpresa. Enorme. Fue la primera palabra que se le ocurrió al verlo. Levantó un brazo que parecía el tronco de un árbol y lo agitó:

—Me llamo Conan Lane —gritó—. Y esta fierecilla es Wynnona.

Para sorpresa de Zack y deleite de Dani, la mujer le dio un codazo que lo hizo doblarse por la cintura.

—Llamadme Wynn.

Viendo que no le quedaba otra alternativa, Zack respondió.

—Soy Zack Grange, y esta es mi hija, Dani.

—¡Encantada de conoceros a los dos! —dijo Wynn—. Y como estamos todos despiertos y hace una mañana tan maravillosa, si os parece llevaré un poco de café para que nos conozcamos.

Zack balbució sin saber cómo negarse a tan audaz propuesta, pero ella ya se había dado la vuelta y se había metido en la casa. Miró a Dani con el ceño fruncido, pero su hija se encogió de hombros y sonrió.

—Será mejor que nos vistamos —y dicho eso, salió corriendo.

Zack se dejó caer en la cama. Le apetecía darse una ducha caliente y afeitarse. El día anterior había trabajado doce largas horas, había atendido dos urgencias especialmente agotadoras y, aparte de cansado, estaba muerto de hambre.

Afortunadamente, aquel era su día libre, y tenía la intención de pasarlo de compras con su hija. Como a Dani le gustaba jugar a lo bruto, tenía los pantalones y los codos de los jerseys destrozados. Le hacía falta ropa de otoño nueva.

Lo que menos le apetecía en ese momento era que los mismos vecinos que lo habían despertado con sus gritos fueran a su casa a fastidiarlo a esas horas.

Se levantó de la cama con resignación, dispuesto a armarse de paciencia para aguantar a sus nuevos vecinos.

El timbre de la puerta sonó unos tres minutos después. Apenas le había dado tiempo a ponerse unos vaqueros y una sudadera. Con las zapatillas de deporte en la mano, fue a abrir la puerta. Al pasar por el dormitorio de Dani, vio que esta ya se había vestido, pero que aún no se había puesto un jersey.

—Abrígate, cariño —le dijo a su hija.

En ese momento volvió a sonar el timbre.

—Ve a abrir, papá.

Zack se echó a reír mientras pensaba en lo sociable que era su hija. Bajó las escaleras y fue hacia la puerta. Abrió el cerrojo, deseando estar en la cama durmiendo. Se había pasado todo el día anterior soñando con poder levantarse tarde. Después había planeado darse un buen baño relajante, desayunar como un rey y pasar el día con su hija.

Sin embargo, en ese momento debía mostrarse amable con los nuevos vecinos.

Nada más abrir la puerta, la mujer lo miró y dejó de sonreír.

—Oh, Dios mío —dijo—. Lo hemos despertado, ¿verdad?

Zack se quedó mudo, mirándola.

De cerca era más alta de lo que había pensado; casi tanto como él. Zack se quedó asombrado, pues no era muy frecuente ver a una mujer tan alta.

Una suave brisa mecía su cabello despeinado. Lo tenía de un bonito color miel, más claro alrededor de la cara, donde le habría dado más el sol. Los rizos le salían por todas partes, como muelles en miniatura, y Zack decidió que sería difícil dominar un pelo como aquel.

La mujer le sonrió entonces y lo miró con sus ojos de un color avellana muy poco habitual. Eran tan claros que casi parecían trasparentes, y estaban adornados por unas pestañas largas, tupidas y muy oscuras teniendo en cuenta el color de su pelo. Entonces la mujer arqueó las cejas y sonrió de oreja a oreja.

Zack se reprendió para sus adentros. ¡Dios, la había estado mirando como si no hubiera visto una mujer en su vida! Y encima la había mirado... ¿con interés?

—¿Cómo sabe que me ha despertado?

—Ah —chasqueó la lengua—. ¿Ha dormido algo?

Zack se pasó la mano por los cabellos.

—Anoche trabajé hasta muy tarde —dijo sin más, pues no tenía ganas de repetir los sucesos de la noche anterior—. Pase.

—Conan vendrá ahora mismo. Está sacando unos bollos de mantequilla del horno. Es un cocinero magnífico.

¿Conan el gigante cocinaba? La mujer alzó un termo que llevaba en la mano.

—Café recién hecho. Aromatizado con vainilla francesa. Espero que no le disguste.

Odiaba los cafés con sabores.

—Está bien —dijo—, pero no debería haberse molestado.

—Es lo menos que puedo hacer después de despertarlo.

De no haberlo hecho, pensaba él, tal vez hubiera podido terminar su sueño erótico y no estaría tan tenso en ese momento. Ella vaciló en el umbral de la puerta.

—Lo siento muchísimo. Esta es mi primera casa y estoy tan estresada como emocionada; y cuando estoy así, desgraciadamente… —se encogió de hombros, como queriendo disculparse— grito sin darme cuenta.

Su sinceridad le resultó inesperada y agradable al mismo tiempo.

—Lo entiendo.

Sin embargo, ella no terminó de pasar.

—No quiero invadirle su casa; si tiene unas tazas, podríamos tomárnos el café aquí, en su porche. Tomaremos café, charlaremos un poco y ya está. Se lo prometo. Total, hace una mañana maravillosa y ahora ya estamos todos despiertos, ¿no?

En ese momento, Dani bajaba por las escaleras. Zack se dio la vuelta y vio a su hija corriendo escaleras abajo.

—Despacio —le dijo en tono bajo pero firme.

Ella se paró en seco en el penúltimo escalón y se disculpó.

—Hola —le dijo Dani a la mujer mientras terminaba de acercarse.

A Wynn se le iluminó la mirada al ver a la niña, y sus ojos dorados parecieron encenderse.

—¡Hola! —se arrodilló a la puerta—. Me alegra tanto conocerte —le tendió la mano y

Dani se la estrechó con formalidad—. No me había dado cuenta de que tenía otra vecina. El de la agencia me dijo que aquí solo vivía un hombre soltero.

—Soy Dani. Mi mamá se murió —dijo Dani—, así que solo estamos papá y yo.

Cuando tenía oportunidad, Dani hablaba de cualquier cosa. Normalmente no le habría importado, pero en esa ocasión la molestó.

En voz baja, seguramente porque se había dado cuenta de que Dani había tocado un tema muy privado, Wynn dijo:

—Bueno, me alegro mucho de que seamos vecinas, Dani —miró a Zack con recelo—. Y de tu papá también, por supuesto.

Zack le dio la mano a su hija, pues no quería dejarla con una extraña, y dijo:

—Wynn, si quiere sentarse un momento, iremos por las tazas ahora mismo.

Wynn se puso de pie otra vez, estirando aquel cuerpo largo y esbelto y, sin darse cuenta, Zack se fijó en sus piernas. De pronto sintió un intenso calor por dentro y tuvo que mirarla de nuevo a la cara. Estaba casada, pensó con culpabilidad; de todas maneras, no era su intención mirar de ese modo a ninguna vecina.

En lugar de sentirse ofendida por la mirada de Zack, Wynn sonrió.

—Me parece bien —murmuró.

Se volvió hacia el porche, dándole a Zack la oportunidad de mirar unas piernas torneadas y un trasero prieto.

Dani lo miró, pero él sacudió la cabeza indicándole que se quedara callada un momento. Cuando llegaron a la cocina, sentó a Dani junto a él y se puso las zapatillas de deporte.

—¿Quieres zumo?

—De manzana —Dani balanceó las piernas y ladeó la cabeza—. No es más alta que tú.

—No, no del todo —Zack sacó una bandeja y colocó tres tazas, una de ellas con zumo, y un cuenco de cereales para Dani—. Pero casi.

Dani se revolvió en el asiento.

—Quiero hacerme una coleta como la suya.

Zack sonrió. Tal vez el tener a una vecina nueva, aunque fuera aquella gigantona con el pelo como una escarola, no fuera una cosa tan mala. Eloise, la niñera de Dani cuando Zack trabajaba, era una mujer amable y cariñosa, pero podría haber sido la madre de Zack.

Los únicos amigos que veía Zack eran Mick y Josh; y aunque Josh sabía todo lo que se debía saber sobre las mayores de dieciocho, no sabía nada de las niñas de cuatro años.

Por el bien de Dani había decidido que necesitaba una esposa. Pero encontrar a alguien apropiado le estaba resultando más difícil de lo que había pensado, sobre todo porque tenía muy poco tiempo para buscar.

En las pocas ocasiones en las que había salido, no había conocido a ninguna mujer apropiada. Una esposa debía ser casera, limpia y encantadora. Y sobre todo, tendría que entender que su hija iba primero. Y punto.

—Una cola de caballo —repitió Zack diciéndose que no era el momento de pensar en eso—. ¿Por qué no vas a buscar tu cepillo y una goma y te los llevas al porche?

—Vale.

Se deslizó de la silla y echó a correr. Su hija exudaba energía y tenía una imaginación que a menudo lo dejaba perplejo. Dani era su vida.

Wynn y Conan estaban discutiendo de nuevo cuando Zack abrió la puerta mosquitera. Se quedó quieto, sin saber qué hacer, mientras Wynn señalaba a aquel tipo tan enorme en el pecho y lo amenazaba de muerte.

Conan hizo caso omiso a la mayor parte de su diatriba y dijo:

—¡Ja! —y entonces le dio con el dedo en el lóbulo de la oreja.

Antes de poder decir nada, Wynn saltó como movida por un resorte y se llevó la mano a la oreja.

—¡Ay! Me has hecho daño.

—También me estás haciendo daño tú, clavándome el dedo en el pecho.

—Burro —pegó la cara a la suya y le dio otro golpe con el dedo—. No sientes nada a través de esta capa de músculo, y lo sabes.

Conan se frotó el pecho e iba a decir algo cuando vio a Zack. Entonces frunció el ceño.

—Estás montando el número delante de nuestros vecinos, Wynonna.

Zack, en el umbral de la puerta, los miraba asombrado. No quería verse implicado en peleas domésticas.

Wynn corrió y le quitó la bandeja de las manos.

—No le haga caso a Conan —le dijo—. Es un bruto.

Conan se pasó la mano por la cabeza de cabello rubio y le dijo:

—Wynonna, te juro que te voy a…

Fue a agarrarla, pero en ese momento Zack se puso entre los dos.

—Mire, esto no es asunto mío, pero…

Wynonna se dio la vuelta y se plantó delante de él.

—¿Qué me vas a hacer? —lo pinchó.

Conan fue a agarrarla de nuevo, y Zack lo tomó de la muñeca.

—Basta —rugió.

De lo que estaba totalmente seguro era de que no pensaba dejar que ningún hombre tocara a una mujer, por muy grande que fuera esta.

Se hizo silencio. Conan arqueó una ceja y miró la mano de Zack, que apenas le agarraba la gruesa muñeca. Entonces miró a Wynn e hizo una mueca.

—Aquí tienes a un hombre galante.

Wynn dejó la bandeja en el suelo y se colocó entre los dos hombres. Estaba tan cerca, que sintió su aliento y el calor de su cuerpo. Entonces se estremeció.

Wynn lo miró con asombro, le dio unas palmadas en el pecho y entonces le dijo:

—Gracias, pero Conan jamás me haría daño, Zack. Se lo prometo. Solo le gusta pincharme.

—Es cierto —dijo Conan—. Wynn, sin embargo, nunca ha tenido tal consideración conmigo. Lleva dándome golpes desde que llevábamos pañales.

Wynn le echó una mirada de disculpa.

—Es cierto. Conan es tan grandote, que siempre me ha dejado practicar con él.

Conan tiró de su mano y Zack, que de

pronto se sintió aturdido, y por alguna razón, aliviado, lo soltó.

¿Hermanos?

—Es tan alta —continuó Conan—, que siempre ha parecido mayor de lo que era. Cuando estaba en el colegio, tuvo que aprender a defenderse para quitarse a los moscones de encima. Así que llevo años siendo su pera de boxeo.

Zack aspiró y le llegó el aroma a café, a bollos de mantequilla, a rocío y a Wynn. Su perfume era distinto. No era un aroma ni dulce ni especiado. Era más bien un aroma fresco, como la brisa que precedía a la tormenta. Se estremeció de nuevo.

Maldita sea, aquello no estaba saliendo como había planeado.

Y la culpa la tenía una mujer muy alta y atractiva. Una mujer que no solo era su vecina, sino que seguía tocándolo y mirándolo con aquella mezcla de ternura, humor y... deseo.

Había conocido a mujeres altas, como Delilah, la esposa de Mick, pero ninguna tan fuerte como aquella. Tenía la mano casi tan grande como la suya, los hombros anchos y los huesos largos. A diferencia de Delilah, Wynn no era delicada.

Pero era muy sexy.

Necesitaba dormir para poder pensar en

todo aquello. Y desde luego, necesitaba más tiempo.

Y sobre todo, necesitaba sexo, porque sabía que, cuando una amazona escandalosa y mandona lo excitaba, era porque había pasado demasiado tiempo.

Capítulo Dos

Zack salió de su ensimismamiento y miró a Wynn y a Conan; entonces se apartó de Wynn.

—Entiendo —dijo a falta de algo mejor.

Wynn sonrió.

—De todos modos, le agradezco la consideración que ha tenido por mi bienestar físico —le dijo.

Y se lo dijo de tal modo, que Zack se sintió diez veces más bobo de lo que ya se sentía.

—Siéntate, Zack —le dijo Conan disipando la tensión del momento—. Parece que ya te hemos cansado bastante. Pero te aviso, la cosa se va a poner peor.

¿Cómo diablos podía empeorar aquello? Zack aceptó la taza de café y se sentó en una silla muy cómoda. Conan se sentó enfrente de él y Wynn en el sillón.

—¿Cómo es eso? —preguntó mientras Conan le pasaba un bollo de mantequilla lleno de pasas.

Conan asintió hacia su hermana, que de pronto frunció el ceño y dijo:

—Mis padres se van a mudar. Necesitaban un sitio donde quedarse durante un par de semanas, y como Wynn acaba de venirse aquí, los convencí de que era mejor venirse con ella que conmigo —sonrió de oreja a oreja.

Wynn resopló.

—No es que no quiera a mis padres, pero cuando los conozca entenderá por qué estoy pensando en rebanarle el pescuezo a mi hermano.

Zack no quería conocer a sus padres. Tampoco había querido conocerla a ella. Con un poco de suerte, a partir de ese momento, conseguiría evitar al clan Lane.

—Pero, eh —Conan le dio una palmada en el hombro que estuvo a punto de hacerle derramar el asqueroso café—, me ha gustado que quisiera protegerla. Me siento más tranquilo sabiendo que tiene un vecino que puede defenderla si fuera necesario. Me da miedo que viva sola.

En ese momento, antes de que le diera tiempo a negarse, apareció Dani.

La niña, mostrando una timidez desacostumbrada en ella, vaciló un momento, con el cepillo en una mano. Zack se puso de pie y le tendió la mano; la niña corrió hacia él.

—Dani, Conan es el hermano de Wynn.

Dani se acercó a él y le susurró en tono alto:

—¿Cómo tengo que llamarlos?

—¿Qué te parece si nosotros te llamamos Dani, y tú a nosotros Conan y Wynn? —le dijo Conan—. ¿Trato hecho?

Dani se dio la vuelta y le tendió la mano.

—Trato hecho.

Conan se echó a reír y le agarró con delicadeza su mano diminuta.

Después de que Wynn le diera también la mano, Dani le dijo:

—Tienes el pelo raro.

—Dani.

Su costumbre de decir lo que pensaba resultaba a menudo graciosa, pero esa vez no.

Miró a su padre con incertidumbre.

—¿No?

Su hija tenía razón, pero no podía compartir su afirmación.

—Sabes de más que no debes ser maleducada.

Lejos de sentirse insultada, Wynn se echó a reír y negó con la cabeza, de modo que sus bucles se movieron como muelles.

—También resulta extraño al tacto. ¿Quieres tocarlo?

Dani miró a Zack para pedirle permiso, y él se encogió de hombros. Jamás había conocido a una mujer con un comportamiento como el de Wynn Lane. De modo que ¿cómo iba a saber de qué manera tratarla?

Dani estiró el brazo y le tocó los rizos; primero una pasada y luego otra. Frunció el ceño muy concentrada.

—Está suave —entonces se volvió a su papá—. Tócaselo, papá.

Zack estuvo a punto de atragantarse.

—Esto, no, Dani...

Conan debía de ser un poco pillo, porque se adelantó y le dijo:

—Venga, Zack, adelante. A Wynonna no le importará.

—¡Wynonna te va a dar un buen puñetazo si no dejas de llamarme «Wynonna!»

Dani se echó a reír. Zack se quedó pensativo al ver que su hija era capaz de reconocer la ausencia de amenaza mientras que él se sentía alarmado.

—Yo me llamo Daniella, pero nadie me llama así; excepto mi papá a veces, cuando está enfadado.

Wynn soltó una risotada exagerada.

—¿De verdad? Pero si eres un angelito...

—No me dejes como si fuera un ogro delante de nuestros vecinos nuevos —dijo Zack.

Dani le sonrió.

—Es el mejor papá del mundo.

—Mucho mejor —dijo Zack y le dio un beso en la mejilla regordeta—. Tiene sus momentos, pero si a veces los ángeles se ponen a alborotar, entonces sí que es un ángel.

Conan se echó a reír, pero Wynn le lanzó otra de esas miradas cargadas de intención, y Conan frunció el ceño y se dio la vuelta.

—No te peleas con Conan de verdad —Dani le dijo a Wynn, como si Wynn no lo supiera.

—Nunca me arriesgaría a hacerle daño —le dijo—. Además, es mi hermano y lo quiero.

Dani se cruzó de brazos y se apoyó sobre el pecho de su padre.

—Quiero un hermano.

Zack se atragantó. Conan le pasó una servilleta, evitando de nuevo el embarazoso momento.

—Lo más gracioso del pelo de Wynn —dijo Conan— es que nuestro padre es peluquero.

Zack pensó que aquella gente no dejaba de sorprenderlo.

—Qué... interesante —comentó, y dio otro sorbo a aquel café imbebible.

Wynn se echó a reír.

—Como no le dejo que me toque el pelo, se pone frenético. Y por eso precisamente no se lo permito. Cada vez que me ve, se pone a gemir como si le doliera algo.

—Y cuando dice gemir, se refiere a gemir —Conan dio un sorbo de café y dejó la taza a un lado—. Mi padre debe de ser el único heterosexual extravagante del mundo.

¿Acaso aquellos dos no sabían hablar de cosas más mundanas? ¿No podían hablar del tiempo o algo así? Eran las dos personas más peculiares que había conocido en su vida; de modo que, sin duda, sus padres serían también muy raros. Él no dijo nada. Pero su hija sí.

—¿Eso también significa peluquero? —preguntó Dani.

Wynn la miró.

—No, Dani, quiere decir que le gusta ponerse ropa de seda y llevar muchas cadenas de oro. Ah, y tendrías que ver el solitario de diamante que lleva; es enorme.

Oh, Dios, pensó Zack, y deseó poder escapar.

—Nuestra madre, por otra parte, es una auténtica hippie. Le gustan todas las cosas naturales y no lleva nada de joyería, excepto el anillo de casada.

—Pero —interrumpió Conan echándole una mirada disimulada a Wynn— ama a mi padre lo suficiente como para dejarle que le arregle el pelo.

—A papá le daría un ataque si le pidiera ahora que me arreglara el pelo. Lo sabes. Además, le gusta refunfuñar por algo.

—¿Tu madre tiene el pelo como tú? —le preguntó Zack sin saber por qué sentía tanta curiosidad.

—¡No, por Dios! Yo heredé el pelo de algún antepasado —dijo con una sonrisa—. Mi padre tiene el pelo castaño y liso, y mi madre rubio, como Conan, pero más largo, hasta la cintura.

Zack, que temía la respuesta, le preguntó:

—¿Cuándo van a venir a quedarse contigo?

—El próximo fin de semana —murmuró más abatida que resignada—. Y yo que tenía tantas ganas de vivir sola.

—¿Has vivido en casa de tus padres hasta ahora? —le preguntó Zack mientras terminaba de cepillarle el pelo a Dani y le hacía una coleta con habilidad.

Dani le sonrió y le dio un beso, y Zack abrazó a su hija afectuosamente.

—No —contestó Wynn.

Zack la miró y le pareció tan suave, tan femenina a pesar de su comportamiento... Sin duda, aquel contraste lo intrigó inmediatamente.

—Tengo veintiocho años —continuó, aparentemente ajena a la turbación que su persona estaba causándole a Zack—. Llevo un tiempo fuera de casa. Pero tuve dos compañeras de piso que eran unas vagas. Soy más o menos lo que uno llamaría...

—Una fanática —dijo Conan—. Le gusta tener la casa inmaculada y totalmente organizada. Me pone de los nervios.

—Papá también lo es —dijo Dani—. Mick y Josh le dicen que será un buen marido para la mujer que tenga la suerte de estar con él.

—¿Es cierto eso? —Conan miró a Zack con expresión divertida.

Wynn dio otro sorbo de café, carraspeó como si se sintiera de pronto avergonzada, y dejó su taza finalmente a un lado.

—Yo, desde luego, no puedo soportar tener las cosas tiradas por todas partes. Las personas ocupadas tienen que ser organizadas.

Como Zack pensaba lo mismo, la entendió. A excepción de los juguetes de Dani, que dejaba por cualquier lado para que la niña no se sintiera agobiada, le gustaba tener cada cosa en su sitio y un sitio para cada cosa. Él mantenía la casa limpia, y una vez al mes enviaban a alguien de una agencia para hacer una limpieza más en profundidad.

La idea de que pudieran tener algo en común lo alarmó un poco, y rápidamente desterró esa idea de su pensamiento.

Dani se bajó de su regazo, corrió a sentarse al lado de Wynn, y se colocó en una postura exacta a la de la vecina, con la espalda recta y la cabeza un poco ladeada. A la niña no le llegaban los pies al suelo; en cambio, Wynn tenía las piernas dobladas de tal manera, que las rodillas casi le llegaban a la cara. Zack pensó que nunca había visto unas piernas tan largas ni tan bien formadas.

Dani sonrió a Wynn de oreja a oreja antes de agarrar su cuenco de cereales y empezó a comer.

—Conan también es un vago —dijo Wynn mientras le pasaba a Dani una servilleta.

Zack se preguntó si Wynn estaría a menudo con niños, y al momento decidió que a él eso no le importaba nada.

—Razón por la cual mis padres han decidido pasar las dos semanas conmigo. Su apartamento está lleno de periódicos y en la nevera siempre tiene algo podrido.

Zack no pudo evitar estremecerse; al verlo, Wynn asintió.

—Sí, es revulsivo —le confirmó.

—¿A qué te dedicas, Zack? —le preguntó Conan para cambiar de tema.

Tanto Conan como su hermana lo miraron con curiosidad. Su hija, con la boca llena de cereales con leche, contestó por él.

—Salva a las personas. Es un héroe.

—Mmm, ya veo.

Wynn miró a Zack de arriba abajo, deteniéndose aquí y allá. Aquella mirada llena de interés tuvo el efecto de una caricia sensual, y Zack tuvo ganas de gritar.

—Tu papá —dijo Wynn— tiene toda la

pinta de ser un héroe. Es grande, musculoso, guapo y amable —y entonces esbozó una sonrisa íntima y provocativa—. Me alegro de que sea mi vecino.

Fue una sensación de lo más curiosa, como si el corazón hubiera empezado a hervirle nada más de verlo. Después, cuando había sentado a su hija sobre sus rodillas y le había cepillado el cabello pacientemente, se había derretido por dentro. Jamás había sentido nada igual, ni nunca había visto a un hombre como él.

Dani tenía parte de culpa. Wynn no podía imaginar a una niña más adorable que la que tenía sentada a su lado. La niña poseía una picardía que indicaba que era lista y precoz al mismo tiempo. Pero la mayor impresión se la había causado Zack Grange. No tenía idea de que existiera un hombre que pudiera impresionarla tanto física como emocionalmente. Era un poco más alto que ella, tal vez un par de centímetros. Su altura, sin embargo, no parecía agobiarlo.

No. Aunque él mismo no se había dado cuenta, la había mirado con admiración y a ella le había gustado. Y mucho.

Deseó no haberse puesto aquella horrible sudadera que escondía su cuerpo. Cuando se había vestido esa mañana había hecho un poco de fresco, pero en ese momento no sentía nada de frío. Más bien estaba un poco sofocada. A decir verdad, tenía calor.

Por su aspecto y la edad de su hija, supuso que Zack tendría alrededor de unos treinta años. Pero era su increíble físico lo que la empujaba a mirarlo más de la cuenta. Aquel hombre estaba muy bien hecho.

No tenía un torso musculoso como su hermano, sino atlético y en forma, con una fuerza que en parte era innata a su condición de hombre, y en parte el resultado de un entrenamiento especializado. Tenía los hombros y el pecho anchos. Las caderas eran estrechas, las piernas largas y rectas, las manos y los pies enormes. No tenía un ápice de grasa en el estómago, y su porte era esbelto.

Tenía el cabello castaño claro, muy liso, y ligeramente despeinado, complementado con unos intensos y amables ojos azules. Las cejas y la barba de varios días eran más oscuras y tenía la mandíbula fuerte.

Pero lo que más le había gustado era el modo en que miraba a su hija. A los pocos segundos de ver a Zack, lo había deseado. El hombre exudaba una sensualidad primitiva, temperada por su paciencia y amabilidad. Una combinación que resultaba tremendamente potente.

Estando con él, una se sentía cómoda... de muchas maneras distintas.

Aunque tan solo lo conocía desde hacía una hora, ya había aprendido que amaba a su hija, que era un defensor natural de las mujeres y que se mostraba cortés a pesar de que unos vecinos maleducados lo hubieran despertado de un descanso muy necesitado.

Suspiró, y los dos hombres y Dani la miraron con curiosidad.

—Lo siento —murmuró deseando poder sentarse en las rodillas de Zack, a pesar de que ya no era una niña.

Hacía tanto que no estaba con un hombre, que ya no sabía lo que era eso.

—Entonces, ¿qué es lo que te da el título de héroe, Zack?

—Soy ATS de los servicios de urgencia. Dani cree que Mick, Josh y yo somos tres héroes. Y creo que ahora piensa lo mismo de Delilah, la esposa de Mick.

—Son héroes —dijo Dani con devoción.

—No hables con la boca llena, cariño —le respondió Zack.

—¿Entonces conduces una ambulancia? —Conan se inclinó hacia delante con interés—. ¿Para quién trabajas?

—Para la brigada de bomberos. Josh es bombero. Nos conocemos de toda la vida.

Wynn ladeó la cabeza, y recordó el otro nombre que había mencionado.

—¿Y Mick? ¿A qué se dedica él?

—Mick es policía. Su esposa, Delilah Piper Dawson, es...

—¡La novelista! —terminó de decir Conan, deslizándose hacia el borde de la silla con emoción—. ¿Estás de broma? ¿Conoces a Delilah Piper?

—No te olvides del Dawson, o Mick te matará.

Zack sonrió enseñando una fila de dientes blancos, y se le formó un hoyuelo en la mejilla. A Wynn empezó a latirle con tanta fuerza el corazón, que casi no oyó el resto de la explicación de Zack.

—Como ella y Mick están casados, él ha entendido que debe conservar su primer nombre porque así es como es conocida. Está orgulloso de su profesión, pero insiste en que los que la conocemos debemos recordar que ahora es una mujer casada.

—Posesivo, ¿eh? —preguntó Wynn.

—¿Estás loca? Es Delilah Piper —resopló—. Yo también sería posesivo.

—Siempre lo has sido.

Su hermano tenía loca a su novia actual con su posesividad.

—Por lo que dices, supongo que eres fan suyo —le dijo Zack.

—Acabo de terminar de leerme su última novela. La escena del río es increíble.

—Si quieres, puedo pedirle que te firme las novelas.

Wynn notó con disgusto que su musculoso hermano estaba punto de levantarse y ponerse a bailar. Dani y ella se miraron y la niña volteó sus grandes ojos azules. Wynn se echó a reír.

—¿Entonces te llevas bien con Josh, Mick y Delilah? —le preguntó a Dani.

—Josh sale con muchas mujeres, pero dice que ninguna es más bonita que yo y que por eso no puede casarse con nadie.

—Es listo.

—Sí —asintió con expresión apenada por el pobre Josh—. Papá se quiere casar, pero primero tiene que encontrar una esposa —Dani arrugó la cara y estudió a Wynn.

Wynn se retorció ante tal escrutinio. ¡Y eso que era una niña! Afortunadamente para ella, en ese momento Dani le pidió permiso a su papá para ir al servicio. Cuando la niña se marchó, Zack y Conan continuaron charlando de Delilah Piper.

Wynn lo miró con curiosidad. ¿De modo que Zack quería casarse? ¿O se lo habría inventado su hija? ¿Cómo era posible que Zack continuara soltero? Sin duda, un hombre como él tendría las mujeres a pares. Aunque por otra parte, Zack parecía muy dedicado a su hija, y sabía que en los servicios de urgencias se hacían turnos muy largos, a veces hasta sesenta horas por semana. Con ese trabajo no tendría demasiado tiempo libre para salir con mujeres, y mucho menos para cultivar una relación duradera.

Zack debió de notar que lo estaba mirando, porque la miró mientras Conan continuaba halagando el notable talento de la señora Piper. Sus miradas se encontraron y Zack frunció el ceño. Desvió la mirada y después volvió a mirarla. Wynn pestañeó y se sintió toda tierna y excitada.

Se quedó observándolo, consciente de que lo estaba mirando fijamente. Zack se movió un poco en el asiento y la miró con fastidio; entonces se cruzó de piernas.

Tenía los tobillos anchos. Y también las muñecas. Y los dedos largos y... Un pensamiento le llevó a otro y no pudo evitar mirarle la entrepierna. Tenía unos vaqueros viejos y descoloridos cuya tela parecía muy suave. Se ceñían amorosamente a su cuerpo, delineando una protuberancia que le pareció de lo más considerable, a pesar de que él no estaba excitado.

El corazón se le bajó al estómago y empezó a latirle erráticamente. Las palmas de las manos empezaron a picarle, y deseó tocarlo allí mismo...

—¡Basta!

Pestañeó confusamente y lo miró. Conan se quedó callado. Zack se puso colorado, carraspeó y se puso de pie.

—El café y los bollos estaban estupendos. Gracias.

Conan se puso también de pie y le estrechó la mano, como si no hubiera pasado nada.

—Te traeré los libros pronto si estás seguro de que no le importará firmarlos.

—Delilah es un cielo; no le importará —Zack no la miró, y le dio la impresión de que lo hacía deliberadamente, pero la verdad era que la había pillado mirando su entrepierna, casi babeando.

Se puso colorada. Lo conocía solo desde hacía una hora y ya se estaba comportando como una cualquiera. O peor aún, como una solterona desesperada. ¡Oh, no! Tal vez él la viera así. Después de todo, tenía veintiocho años y aún estaba soltera. El único hombre que la había ayudado a mudarse de casa había sido su hermano. Zack no podía saber que eso era por elección propia; porque aún no había conocido a ninguno que... A ninguno que le hiciera hervir la sangre como él.

Como no era tímida, le tendió la mano y él se la estrechó con una sonrisa superficial en los labios. Su gesto le resultó totalmente impersonal, y eso la fastidió enormemente.

—Bienvenida al vecindario, Wynn.

—Gracias —dijo, y notó que él intentaba retirar la mano, pero ella no se la soltó—. Estoy segura de que nos veremos por aquí.

Nada más decirlo, se encogió por dentro. ¡Casi había sonado como una amenaza! Y encima le tenía agarrada la mano con fuerza, como si ella fuera un macho.

Lo soltó rápidamente y se metió las manos en los bolsillos para no caer en la tentación de volver a agarrarle la mano. Conan recogió la jarra de café y el plato de bollos.

—Bueno, gracias de nuevo. Y siento mucho que te hayamos despertado —repitió sintiéndose como una imbécil.

Dani salió dando saltos.

—No os podéis marchar.

Zack le puso la mano sobre la cabeza rubia.

—Seguro que Wynn quiere terminar de abrir sus bultos. Y tú y yo nos vamos de compras, cariño.

Dani gimió como si le arrancaran la piel, y Zack ahogó una sonrisa.

—Venga, nada de lloriquear. Comeremos fuera y lo pasaremos bien. Ya lo verás.

Conan sonrió.

—¿No le gusta ir de compras?

—A comprar ropa, no. Pero tiene toda la ropa de invierno vieja y gastada.

—Como Wynn. A ella tampoco le gusta ir de compras.

Dani abrió los ojos como platos.

—¿De verdad?

Wynn se encogió de hombros.

—Sé que se supone que es una cosa de chicas, pero nunca lo he entendido. Gracias a Dios que no necesito mucha ropa. Además, con mi trabajo, la ropa deportiva es la que más me conviene.

—¿A qué te dedicas? —preguntó Zack, que inmediatamente puso una cara como si quisiera abofetearse a sí mismo.

—Soy fisioterapeuta. Trabajo dos días por semana en un instituto y dos en la facultad —señaló a su hermano con la cabeza—. Conan es dueño de un gimnasio, donde a veces también voy a ayudarlo cuando los que usan los aparatos se pasan.

—Creo que debería irme —dijo de pronto Conan, que agitó la mano en señal de despedida y empezó a bajar las escaleras—. Acabo de acordarme de que he quedado con Rachel, mi novia.

Wynn lo miró y suspiró; entonces se volvió hacia Zack.

—Yo también me marcho. Me queda mucho por desembalar —se volvió hacia Zack, que parecía ansioso por terminar de despedirse—. Ya que somos vecinos, ven cuando necesites algo. Ya sabes, lo típico, un poco de sal, una taza de azúcar...

—Gracias —dijo Zack en tono seco—. Lo tendré en mente. Y gracias por los bollos. Estaban... buenísimos.

Como no había nada más que decir, Wynn se volvió y empezó a bajar los escalones despacio.

—De acuerdo... Adiós entonces.

—Adiós, Wynn.

Volvió la cabeza y vio que Zack se metía en su casa corriendo. Cerró la puerta y oyó el clic del cerrojo. Maldita sea. Su despedida había sonado de lo más definitiva.

Pero no pensaba permitirlo. Lo deseaba y, de un modo u otro, conseguiría a aquel hombre.

Capítulo Tres

—¡Mira, papá!

Zack avanzó por el camino y se detuvo delante de la casa. No quería mirar porque sabía hacia dónde señalaba su hija, o más bien, a quién había visto.

Sin querer se había pasado todo el día pensando en ella, y eso no le hacía ninguna gracia. Incluso mientras su hija y él habían estado de compras, había pensado en Wynn. No había podido dejar de recordar el modo en que su vecina lo había mirado, o más bien, «dónde» lo había mirado. Por esa sencilla razón había pasado todo el día distraído.

Y no solo distraído, sino tenso y medio excitado. Aunque, en realidad, decir eso sería decir poco. En realidad no había dejado de pensar en lo que podría pasar si trataban amistad.

¡Y eso no estaba bien! Era su vecina, vivía al lado, de modo que algo pasajero, como por ejemplo una desenfrenada y apasionada relación sexual, estaba fuera de la cuestión. Y cualquier otra cosa, como una amistad, solo conseguiría que acabara deseándola aún más.

Wynn no cumplía ni por asomo las condiciones que él tenía en mente para entablar una relación seria y formal con una mujer, de modo que lo más conveniente era no iniciar ningún tipo de relación con ella.

—Papá, mira.

Con su voz insistente, Dani le dejó poca elección. Zack levantó la vista mientras decía:

—Tenemos que guardar toda esta rop... —la voz se le fue apagando al ver a Wynn, que en ese momento llevaba puesto un top beige, haciendo un gran esfuerzo para levantar una caja larga y plana. El camino estaba a un lado de la casa, junto a un garaje contiguo, lo cual le permitía ver a la perfección la casa de Wynn.

Bajo el sol del atardecer, los amplios y atléticos hombros de Wynn brillaban bajo una fina capa de sudor. El vientre... Tragó saliva con dificultad. Tenía el vientre liso, fuerte, y la cintura esbelta y ágil mientras se agachaba y doblaba. Tenía una figura sensual, sana y fuerte, y tan femenina que se le encogió el estómago.

Por la mañana habían sido sus piernas las que le habían perdido. En ese momento, mientras se deleitaba con el resto de su cuerpo, Zack empezó a sudar. Le encantaban los ombligos de las mujeres, y el de

Wynn resultaba particularmente provocativo.

Sintió que Dani le tiraba suavemente del brazo y consiguió borrar la expresión de deseo de su cara antes de volverse a mirar a su hija.

—Deberías ir a ayudarla —le dijo su hija.

Oh, no. Zack no tenía ninguna intención de acercarse a Wynn. Sacudió la cabeza y terminó de desabrochar los cinturones del asiento de Dani. Por edad, su hija ya podía abandonar la silla del automóvil, pero como era muy menuda, Zack había pensado que se la dejaría unos meses más.

—Tenemos muchas cosas que hacer, Dani.

Pero en cuanto soltó a la niña del asiento, la pequeña abrió la puerta del coche y salió corriendo.

—¡Hola, Wynn! —exclamó la niña agitando los brazos para llamar la atención.

Wynn dejó de tirar de la caja y levantó la vista. Se pasó la mano por la frente y entrecerró los ojos. Sonrió al ver a sus vecinos. Incluso a distancia, Zack percibió la expresión afable de su sonrisa.

Maldijo entre dientes.

Wynn cruzó el patio y se acercó a ellos. Él no quería hacerle caso y prefería entrar en casa, porque lo que deseaba en ese momento era hacer el amor. Con *ella*, precisamente.

—¡Eh, vosotros dos! —se paró junto al coche de donde había salido Dani—. ¿Qué tal las compras?

Dani alzó la cabeza y sonrió a Wynn.

—Compramos muchas cosas. Y también hemos visto una película.

Wynn se arrodilló automáticamente. Zack recordó que había hecho ese gesto también esa mañana, cuando había hablado con Dani. ¿Sería por lo alta que era? ¿O tal vez porque le gustaban mucho los niños y quería ponerse a su altura?

—Un ropero nuevo, ¿eh? ¡Qué bien!

Miró a Zack; sus ojos casi dorados encerraban una expresión cálida y cariñosa.

—¿Lo habéis comprado todo? —añadió.

Zack carraspeó. Llevaba tanto tiempo privándose de estar con una mujer, que al ver a Wynn allí arrodillada solo se le ocurrió pensar en el sexo. Su cara, su preciosa boca, estaban al mismo nivel que... No. Era demasiado. Zack se dio la vuelta y empezó a sacar bolsas del coche.

—Creo que, con lo que le he comprado, debería tener para toda la temporada.

—Yo también fui de compras —le dijo Wynn en tono confuso por su rechazo—. He comprado una hamaca para el patio.

Zack se quedó inmóvil, con las manos llenas de bolsas. Entonces se volvió despacio.

—¿Una hamaca?

¿No estaría pensando en estar por allí, tirada en la hamaca, donde él pudiera verla?

—¿Dónde has pensado ponerla? —le preguntó Zack.

Ella señaló.

—Esos son los dos únicos árboles lo bastante grandes y que están lo bastante cerca el uno del otro para ponerla. Siempre he deseado tener una hamaca; casi tanto como tener mi propia casa. Después de terminar de desempacar, no pude resistir la tentación. En esta época hace un tiempo ideal para estar fuera leyendo o durmiendo la siesta.

Un centenar de preguntas empezaron a darle vueltas en la cabeza, pero lo único que le salió fue:

—¿Has ido de compras así?

El top le ceñía unos senos turgentes y en proporción con el resto de su cuerpo. Y Zack la miraba de tal modo, que supo que ella había entendido a qué se refería. Pero entonces, en cuanto se dio cuenta de lo que había dicho y del tono posesivo que había utilizado, se apresuró a añadir:

—¿Te estás refiriendo a mis árboles? —preguntó para disimular.

Ambos patios tenían abundancia de zonas con sombra, pero los árboles que había señalado Wynn eran los que bordeaban su propiedad. Ella se pondría allí mismo, desde donde él pudiera verla, desde donde iría minando poco a poco su resolución. No podía soportarlo. Jamás había tenido en su vida ningún problema de ese tipo; claro que, tampoco había conocido a Wynn hasta entonces.

Ella lo miró con aquellos sobrecogedores ojos color miel y pestañeó con desconcierto; incluso ese gesto le pareció provocativo, deliberado. «Maldita sea». Wynn se puso de pie con determinación, y Zack no pudo evitar mirarle las piernas y la cintura. Solo de mirarla, el corazón empezó a latirle con fuerza.

Ella colocó las manos en jarras de un modo provocativo y esperó a que él la mirara a la cara.

Cuando finalmente sus miradas se encontraron, Wynn sonrió, pero su sonrisa no tuvo nada de amable.

—Me cambié al llegar a casa —lo informó—, antes de sacar la caja del coche. Y los árboles son míos. Lo pregunté específicamente antes de comprar la casa. El agente inmobiliario comprobó las lindes de la propiedad sólo para estar más seguro.

Zack tuvo ganas de ponerse a gritar. Quería decirle que le importaban un pito los árboles o a quién pertenecieran. Lo que tenía ganas era de llevar a su hija a que echara una siesta y después agarrar a su vecina y llevársela a la cama.

—Entiendo —consiguió sonreír a pesar de todo.

Dani, ajena a la repentina tensión entre los adultos, se estiró y tiró de la tela de los pantalones cortos de Wynn.

—Hemos comprado una pizza para cenar.

Wynn miró a su hija y sonrió genuinamente.

—Parece que habéis pasado un día maravilloso, ¿eh? —le acarició la cabeza y después miró a Zack—. Será mejor que vuelva al trabajo. Quiero montar la hamaca.

—¡Puedes cenar con nosotros!

Zack maldijo entre dientes al oír la invitación de su hija, pero no lo dijo en tono lo suficientemente bajo como para que Wynn no lo oyera.

Aunque alzó la barbilla y lo miró a los ojos, se veía que estaba dolida. Y eso le hizo daño a él. «Maldita sea», no había sido su intención insultarla, pero tampoco quería estar en su compañía por obligación.

—Gracias, cielo —dijo Wynn, aunque continuaba mirando a Zack—, pero tengo demasiado que hacer. Otra vez será, cariño.

Wynn se dio la vuelta y estuvo a punto de tropezarse. Por primera vez, Zack notó el cansancio en sus largas piernas y brazos, en la suave caída de sus hombros sorprendentemente anchos y orgullosos.

—Wynn —le dijo con el mismo tono con el que se dirigía a su hija.

Ella se detuvo y se volvió hacia él con expresión altiva; Zack pensó que tenía cara de cansada.

—¿Cuándo has comido por última vez?

A su lado, Dani saltaba de alegría. Lo conocía bien y sabía que ya había tomado una decisión.

—¿Cómo?

—¿Has almorzado? —le preguntó Zack, pero ella lo miró sin expresión—. ¿Has comido algo desde el café y los bollos de esta mañana?

En lugar de contestar normalmente, Wynn dijo:

—Zack, agradezco tu preocupación, pero estoy seguro de que tienes cosas más importantes que llevar la cuenta de mis comidas.

Entonces se volvió de nuevo.

Con la vista fija en su amplio y bien formado trasero, Zack pensó que lo mejor era dejarla marchar. Pero se dio cuenta de que su hija lo miraba con contrariedad. Sin duda, su hija esperaba que rectificara y se disculpara, y Zack supo que era lo que debía hacer. A pesar de la suave cadencia de sus caderas, Wynn parecía a punto de caerse al suelo de cansancio.

Ella había sido amable, y él un antipático. Y todo porque llevaba demasiado tiempo sin estar con una mujer y ella lo atraía de un modo primitivo y loco. Pero no podía echarle la culpa de eso a Wynn.

Dani lo miró con severidad y le dijo:

—Convéncela para que coma con nosotros.

—Lo intentaré —respondió con un suspiro.

—¡Corre! Ve antes de que se meta en casa.

Wynn estaba a punto de subir las escaleras de su porche cuando Zack la alcanzó. Debió de oírlo acercarse, pero no le hizo caso. Zack la agarró del brazo y le dio la vuelta.

—Espera un momento.

Al ver que estaba solo, se encaró con él.

—¿Qué pasa ahora?

Sin poder evitarlo, Zack sonrió y seguidamente se echó a reír.

—Como Dani no está escuchando, sacas tu genio conmigo, ¿verdad?

—No te engañes —parecía furiosa y aún dolida; se retiró el cabello de la cara y esbozó una sonrisa burlona—. Si sacara todo mi genio, estarías ahora tirado en el suelo.

Su amenaza lo hizo evocar al instante una imagen de él tumbado en el suelo y de Wynn a horcajadas sobre él. Tenía las piernas tan largas y tan fuertes, que no dudaba de que esas piernas aguantarían eternamente. Sin darse cuenta, le miró los pechos, tan solo cubiertos por la tela fina del top. De nuevo y sin querer, se imaginó sus pechos, sus pezones duros, rogándole ser acariciados. Tenía el pecho brillante y sudoroso por el calor, y la piel radiante y de aspecto suave.

Él no respondió, pero ella debió de leerle el pensamiento, porque enseguida retrocedió y su cólera se disipó.

—No me refería a eso —susurró con voz temblorosa.

—¿A qué? —preguntó Zack sin poder evitarlo.

Sus miradas se encontraron, y entonces ella se encogió de hombros.

—Al sexo. Eso era lo que estabas pensando. Aunque supongo que ahora lo negarás.

Zack se frotó la cara.

—No, no lo negaré —le dolían los hombros de la noche anterior, y en ese momento todo él latía de deseo—. Mira, Wynn...

—Eh, lo entiendo. Dani es encantadora, pero los niños hablan muchas veces en el momento más inoportuno. No pasa nada, y de verdad que tengo mucho que hacer.

Él no le hizo caso.

—Llevas todo el día trabajando, ¿o no? Estoy seguro de que no has comido nada desde el desayuno.

—Mis hábitos de alimentación no son asunto tuyo.

¿Por qué narices tenía que encontrarla tan endiabladamente atractiva para encontrarse excitado como un adolescente? Estaba cansado, tenía el cuerpo dolorido, estaba frustrado sexualmente y encima eso.

Sabiendo que Dani no tardaría en aparecer si tardaba, decidió sincerarse.

—Te deseo. Por eso he sido grosero.

Wynn abrió los ojos dorados como platos y tragó saliva. Abrió la boca, pero no le salió nada.

Miró hacia los árboles donde ella planeaba colgar la hamaca.

—Entre Dani y el trabajo, no tengo muchas oportunidades de salir, y hace mucho tiempo, demasiado, que no estoy con una mujer. Anoche no dormí bien, o de otro modo habría logrado contenerme mejor hoy, pero la poca paciencia que me queda la reservo para mi hija.

—Oh.

—No quiero que temas que vaya a lanzarme…

—Eso no me da miedo —se apresuró a decirle.

—… porque no tengo intención de hacerlo.

—Oh —repitió, esa vez con evidente pesar.

—Ven a comer con nosotros, después te ayudaré a llevar esa caja al patio trasero. A partir de entonces podemos mostrarnos sociables, pero no demasiado. ¿De acuerdo?

—¿No demasiado sociables, porque no quieres desearme?

—Eso es.

Hablar de ello no iba a servir de nada. A medida que hablaba, se sentía como un imbécil.

—No sería buena idea, siendo vecinos y todo eso —añadió Zack.

—Entiendo.

Parecía perpleja. Suspiró de nuevo y, cuando se volvió, vio que su hija lo miraba con interés, de brazos cruzados y dando golpecitos con la punta del pie en el suelo.

—Sin duda lo entenderás. Una cosa es ser vecinos. Pero si la cosa fuera más allá, resultaría extraño.

—Extraño —afirmó en tono paternalista—. Entiendo lo que quieres decir —añadió con sarcasmo.

Zack apretó los dientes.

—¿Quieres cenar pizza con nosotros o no?

Ella se pasó la lengua por los labios y ladeó la cabeza.

—¿Puedo decir algo primero?

—Que sea rápido. Dani va a venir enseguida a buscarnos.

—¿Estoy aquí sudorosa y con el pelo hecho un asco, y aun así dices que te excito?

Zack tenía ganas de estrangularla. Como no había querido herirla en sus sentimientos, había sido sincero con ella y ella se tomaba la libertad de provocarlo.

—No sigamos con eso, ¿de acuerdo?

—De acuerdo —dijo—. Solo quería estar segura.

Juntos echaron a andar hacia donde estaba Dani. Zack percibió el aroma de su piel tostada por el sol mezclado con el de un perfume muy femenino.

—¿Hace cuánto? —le preguntó con descaro, como si no fuera un tema personal.

Pero había sido él quien lo había sacado. Zack contestó sin mirarla.

—Mucho.

—Yo también —sonrió a Dani y agitó la mano—. Aunque no creo que tú me excites a mí por eso —lo miró con los ojos levemente entrecerrados; en sus labios se dibujó una leve sonrisa—. Creo que es tu cuerpo fantástico el que me está proporcionando estos calores —le susurró al oído.

Zack se tropezó con sus pies y a punto estuvo de caerse. Ella continuó hasta su patio, le dio la mano a Dani y juntas rodearon la casa hacia el porche delantero.

—¡Puedo enseñarte mi ropa nueva! —le oyó decir a Dani.

—En cuanto comamos —dijo Wynn alegremente—. Estoy muerta de hambre.

Wynn se terminó su cuarto pedazo de pizza y suspiró. Hasta que no había empezado a comer no se había dado cuenta del hambre que tenía.

—Estaba de rechupete. Muchas gracias.

—Has comido tanto como papá —dijo Dani.

—¡No es cierto! Él se ha tomado un pedazo más que yo —entonces miró a Zack—. Pero como él tiene más músculos que yo, debe comer más.

Zack se atragantó con el refresco y la miró de soslayo. La deseaba. No quería hacerlo, pero la deseaba. Al menos era un comienzo; un punto de partida.

Ella, por su parte, ya estaba loca por él. Zack no solo era guapo y tenía un cuerpo que quitaba el hipo, sino que además era muy tierno y cariñoso con su hija y tenía la casa inmaculada.

—Tu casa tiene una distribución distinta a la mía —miró a su alrededor admirando la armonía que había allí.

—Son básicamente parecidas, solo que yo tiré unos cuantos tabiques para hacer las habitaciones más grandes.

—También es más grande.

Él se encogió de hombros.

—No tanto. Añadí espacio al comedor cuando puse la bañera de hidromasaje, y cerré el patio.

Wynn había visto la enorme bañera de hidromasaje de inmediato. Estaba junto a la puerta del comedor, a la izquierda de la cocina, y parcialmente escondida por una valla.

—Cerré el patio para utilizar la bañera todo el año sin tener que cruzar el patio en invierno.

—¿La utilizas todo el año? —preguntó con asombro.

A Wynn se le puso la boca seca cuando se lo imaginó desnudo. Sería estupendo si la invitara a compartirla con él, pero no se iba a hacer ilusiones.

Él se encogió de hombros.

—Durante todo el año, de vez en cuando.

Wynn carraspeó y se puso a pensar en cosas menos peligrosas.

—Me gusta cómo has decorado la casa. Es agradable, bonita y cómoda.

Todo estaba decorado en madera de pino claro combinada con distintos tonos cremas y verdes. Había unas cuantas plantas, muchas fotografías de Dani y un par de fotos que supuso serían de su esposa fallecida. La mujer era rubia, como Dani, pero con el cabello más largo. Parecía muy joven, y Wynn decidió no mirar demasiado las fotos. Cuando le preguntara a Zack sobre su esposa, lo haría sin que la niña estuviera delante.

—¿Puedes excusarnos un momento, papá?

—Sí, pero primero lávate las manos.

Dani corrió al fregadero e hizo lo que su padre le había pedido.

Zack se levantó de la mesa, pero no quiso mirarla a los ojos.

—Iré a llevarte esa caja hasta el patio trasero mientras Dani te enseña su ropa nueva —entonces le dio a su hija un beso en la cabeza—. Ahora mismo vuelvo, ¿vale?

La niña asintió.

Salió por la puerta de la cocina y desapareció antes de que ella pudiera decir nada.

Cuando Dani le dio la mano y la llevó al piso de arriba, Wynn pudo echarle un vistazo al resto de la casa. No había ni una mota de polvo en ningún sitio y todo estaba en orden, excepto por algún juguete de Dani. Había dos cómodas de pino en la sala de estar; una de ellas estaba abierta y Wynn vio que contenía muñecas y distintos juegos. También había una mesa llena de ceras, papel y tijeras para niños.

Pasó por el dormitorio de Zack y se asomó con la esperanza de que Dani no se diera cuenta. Más limpio todavía. Unos pesados muebles de pino ocupaban el espacio medio de la habitación. Sobre la cama había una colcha de color marrón oscuro. Por la ventana abierta entraba una suave brisa. Wynn miró hacia la ventana e inmediatamente vio a Zack en su patio, trasladando la caja. Lo observó durante unos momentos antes de darse cuenta de que, si ella lo estaba viendo en ese momento, él podría verla cada vez que estuviera ella en el patio.

—¿Es aquí donde estabais esta mañana cuando me saludasteis?

—Sí, solo que papá aún estaba en ropa interior porque se acababa de despertar.

—Entiendo.

Vaya que si entendía. Para que no se diera cuenta de su interés, se dejó arrastrar por la niña hasta su dormitorio. En aquel, los muebles eran blancos, la colcha de color amarillo pálido, y el papel que cubría la mitad de la pared de listas amarillas y blancas, rematado con una cenefa blanca.

La ventana de Dani también daba al mismo sitio que la del dormitorio de su padre, pero Wynn se contuvo y no fue a asomarse. En lugar de eso, se concentró en el montón de ropa que había sobre la cama.

Las dos se pasaron al menos quince minutos mirándolo todo y hablando sobre la ropa que, en su gran mayoría, podría haber sido para un niño. Nada de puntillas ni volantes para Dani. Wynn estuvo de acuerdo.

Wynn se fijó en un corcho enorme colgado de la pared a la cabecera de la cama, lleno hasta los topes de dibujos. Cuando le dijo a Dani que tenía mucho talento, la pequeña se empeñó en hacerle un dibujo. Como Dani no quería que lo viera, Wynn bajó de nuevo a la planta baja.

Encontró a Zack en la cocina, recogiendo la mesa. Wynn llevó dos vasos al lavavajillas.

—Quería ayudarte con esto.

—No hace falta.

A Wynn le hizo gracia que no quisiera mirarla. Se apoyó contra el fregadero y colocó los brazos en jarras.

—Es lo menos que puedo hacer después de imponerme. Dos veces.

Zack fue hacia la puerta del garaje y tiró la basura en un cubo que tenía allí.

—Te invitamos —dijo al volver.

—De mala gana.

Zack se detuvo un momento, empezó a frotarse la parte de atrás del cuello, como si quisiera quitar la tensión de sus músculos. Cuando la miró, sus ojos eran de un azul oscuro.

—Ya te lo he explicado, Wynn.

—Desde luego que sí —Wynn cruzó las

piernas y Zack las observó un momento antes de volver a mirarla a la cara; le resultaba extraño que la encontrara atractiva cuando en realidad estaba hecha una pena.

—Mira...

En ese momento, lo interrumpió el teléfono. Zack dio dos grandes zancadas y descolgó el auricular del aparato que había en la pared de la cocina.

—¿Diga?

¿Quién sería? Wynn hizo como si no estuviera escuchando, pero era evidente que estaba hablando con algún amigo o amiga. ¿Sería una amiga? Eso no le hizo ninguna gracia.

—Claro, me apetece tener compañía —Zack hizo una pausa—. De acuerdo, dentro de quince minutos entonces —dijo antes de colgar.

En ese momento, Dani entró en la cocina y Zack la levantó en brazos.

—¿Quién era?

—Mick y Josh vienen a hacernos una visita. Si quieres bañarte antes, podrás estar con ellos un rato antes de irte a la cama.

Wynn se asomó a ver el dibujo que Dani tenía en la mano.

—¿Es para mí?

—Sí —dijo Dani tímidamente, y entonces lo enseñó.

Dani había dibujado dos árboles, la hamaca y a Wynn junto a ella. Wynn sonrió al ver lo alta que la había pintado, y al ver su pelo, que parecía una escarola.

—Es precioso, Dani —dijo sintiéndose curiosamente conmovida—. Me encanta. Lo pondré en la nevera para que lo vea todo el que venga a visitarme.

Eso pareció agradar a la niña.

—De acuerdo —dijo la pequeña—. Incluso podría visitarte algún día y verlo —dijo con todo el descaro infantil.

Wynn se despidió de Dani con un beso y salió por la puerta después de guiñarle el ojo a Zack.

Si quería montar la hamaca a tiempo de disfrutarla esa noche, tenía que darse prisa antes de que se ocultara el sol.

Quince minutos después, cuando casi había terminado de montarla, oyó un coche entrando en casa de Zack. La curiosidad pudo con ella y miró hacia la casa. Sobre el garaje de Zack había un foco que iluminaba la puerta. Wynn vio a dos hombres que salían de un coche, los dos altos y guapos. Uno de ellos era moreno de piel, y el otro parecía un dorado adonis. Mick y Josh, decidió.

El rubio levantó la cabeza y la miró justo cuando ella iba a darse la vuelta; y se quedó mirándola un buen rato. ¡Maldición! Se había dado cuenta de que lo había estado mirando y sin duda sabía también por qué. Un hombre como él, alto, sexy y guapo, esperaba sin duda que las mujeres lo adoraran.

Su compañero se volvió, puso las manos en jarras y también la miró. Dios mío, el primer día que pasaba allí y no había hecho más que llamar la atención.

Como ya la habían pillado, Wynn agitó la mano con gesto amigable, el cual fue correspondido por ambos. El moreno se limitó a mirarla con cortesía y curiosidad, mientras que el otro la observó.

Un segundo después, se abrió la puerta de la casa y ambos hombres desaparecieron en el interior de la vivienda.

Capítulo Cuatro

—Apártate de la maldita ventana —rugió Zack.

Sin soltar el borde de la cortina color café de la ventana pequeña que había sobre el fregadero, Josh volvió la cabeza para mirar a Zack.

—¿Quién es?

—Nadie. Solo una vecina.

—Es Wynn —Dani, subida en el regazo de Mick, no mostró la reserva de Zack en ningún momento—. Es nuestra vecina.

Josh arqueó una ceja.

—¿De verdad?

—Desayunó con nosotros —Dani sonrió.

Mick y Josh se miraron.

—¿Desayuno, eh?

Zack echó hielo en los tres vasos que tenía delante.

—No empecéis a sacar conclusiones precipitadas. Me despertó esta mañana, eso es todo.

Josh dejó la cortina y se volvió.

—¿Una mujer alta, esbelta y sexy te saca de la cama y dices «eso es todo»?

Mick se echó a reír.

—¡No es así! —dijo con vehemencia, sorprendiéndose incluso a sí mismo—. Se ha trasladado hoy, y su hermano y ella estaban haciendo mucho ruido. Cuando se dio cuenta de que nos había despertado, trajo café y unos bollos.

—Qué vecina más agradable —murmuró Josh, y se volvió hacia la ventana.

—También tomó pizza con nosotros, y yo le hice un dibujo.

—Un dibujo precioso —le dijo Zack, dándose cuenta de que su hija había estado escuchando.

Dani enseñó el que estaba pintando.

—Y el que estás haciendo es precioso también —le confirmó, y le dio un abrazo y un beso.

—¿Y deja de trabajar alguna vez? —preguntó Josh.

—Que yo sepa, no —sin poder evitarlo, Zack se acercó a la ventana y se asomó—. ¿Qué está haciendo?

—Colocando una cuerda para colgar la ropa. Caramba, ya es de noche. Está trabajando con la luz del porche.

—¿Qué diantres está haciendo?

Josh entrecerró los ojos.

—Parece que va a colgar la ropa. En este momento... —sonrió— creo que su ropa interior.

Mick se acercó rápidamente a la ventana, con Dani en brazos.

—Sois los dos un par de mirones. Deberíais dejarla un poco en paz.

Pero ninguno de los tres se movió.

—Esta mañana le he visto el trasero —dijo Dani de pronto.

Tanto Josh como Mick se volvieron a mirarla.

Cuando estaba a punto de dar una explicación, vio que Wynn colocaba un camisón sobre la cuerda. No era un camisón sexy, sino más bien una prenda con metros y metros de tela. Claro que, con la talla que tenía, hacía falta mucha tela para cubrirla.

Por alguna razón, aquel pensamiento lo hizo sonreír.

¿Por qué estaba colgando su ropa de noche? Y pensándolo bien, ¿cómo era posible que aún siguiera en pie? Llevaba todo el día trabajando sin parar.

—Esto es ridículo —protestó Mick—. Me tenéis aquí en plan mirón cuando preferiría estar jugando a las cartas.

—Eso es porque estás felizmente casado y por ello inmune a las fantasías —dijo Josh.

Zack lo miró con rabia.

—No me digas que te interesa.

Y antes de que Josh pudiera contestar, Dani asomó la cabeza entre Mick y Josh y gritó por la ventana:

—¡Hola, Wynn! ¡Somos mirones!

Los tres se agacharon tan deprisa, que se golpearon las cabezas al hacerlo.

Sentado en el suelo, apoyado sobre uno de los armarios, Mick sentó a Dani sobre sus rodillas, muerto de risa.

—¡Debería colgarte de los dedos de los pies por lo que acabas de hacer! —le hizo cosquillas en la barriga y Dani se echó a reír.

—¿Tú crees que lo habrá oído? —le preguntó Josh a Zack.

—¿Esa? Lo oye todo —entonces se volvió hacia su hija—. Cariño, no se le dice a la gente que se le está mirando.

—¿Por qué no?

Josh se puso de pie despacio y se asomó por la ventana con cuidado. Terminó de ponerse derecho con expresión resignada y dijo en voz alta:

—Es un poco tarde para hacer la colada.

Zack se dio cuenta de que Wynn debía de haber estado mirando hacia su ventana y también se puso de pie. Entonces la oyó reír.

—No me traerán mi lavadora y mi secadora nuevas en unos días, y necesito ropa limpia para mañana.

Para disgusto de Zack, Josh sonrió, fue hacia la puerta de la cocina, salió y echó a andar hacia la casa de Wynn.

Dani se apartó de Mick y siguió a Josh. Mick miró a Zack, se encogió de hombros e hizo lo mismo.

Zack apretó los dientes, pero siguió al grupo.

Cuando Wynn los vio, dejó la cesta de la ropa y fue a recibirlos. Aunque había refrescado considerablemente, seguía con el top y los pantalones cortos. Cuando la vio, tuvo ganas de quitarse la chaqueta y taparla. Pero era demasiado tarde. Josh ya la había visto y estaba a punto de desplegar su encanto.

Wynn le ofreció la mano cuando él se acercó.

—Hola. Me llamo Wynn Lane.

Josh le dio la mano con delicadeza, como si sus dedos fueran frágiles.

—Josh Marshall —murmuró en un tono que delató sus pensamientos de seducción—. Encantado de conocerte.

Zack tuvo ganas de darle una patada.

Wynn intentó retirar la mano, pero Josh no se la soltaba. Le echó una mirada a Zack y después miró de nuevo a Josh.

—Eres bombero, ¿no?

Él pareció levemente sorprendido.

—Dani le ha hablado de vosotros dos —le explicó Zack.

Wynn se volvió hacia Mick.

—Mi hermano es un gran fan del trabajo de su esposa.

Mick agarró a Josh de la muñeca, le retiró la mano y entonces le dio la mano a Wynn.

—Mick Dawson. Encantado de conocerte, Wynn.

Entonces miró a Zack.

—Espero que no estuviera molestándote otra vez.

—Estábamos mirándote —la informó Dani.

Wynn se echó a reír y le acarició el cabello a Dani con tanto cariño, que Zack sintió que se le encogía el corazón.

—Bueno, imagino que cualquiera que se ponga a hacer la colada a la luz de la luna va a llamar un poco la atención. Además, la ropa colgada al aire siempre huele muy bien, ¿no os parece?

A Zack le parecía que ella olía bien. Pero decidió dejar de lado su ridícula fantasía y dijo:

—Hay una lavandería a un par de kilómetros, junto a una tienda de ultramarinos.

—Puedes usar nuestra lavadora y nuestra secadora mientras te traen las tuyas —le ofreció Dani.

A Zack se le heló la sonrisa.

—Claro… puedes usar las nuestras.

Wynn sacudió la cabeza.

—No, no me importa utilizar la cuerda.

Josh se plantó delante de Zack.

—Yo no vivo tan lejos. Puedes utilizar mi lavadora cuando quieras.

Zack pensó en estrangularlo. No era por nada personal, pero sería casi tan raro que Josh se liara con ella como que lo hiciera él mismo. Josh no estaba listo para sentar la cabeza y, en realidad, desde la boda de Mick, se había pasado mucho de la raya. Zack no quería que se pasara también con su vecina.

—Si has terminado, podrías tomarte algo con nosotros —la invitó Mick.

Ella retrocedió un paso.

—Oh, no, pero gracias de todos modos.

—¡Vente, vente, por favor! —dijo Dani pegando botes con energías renovadas.

—Tú —le dijo Zack a su hija— estás a punto de irte a la cama.

Antes de que Dani se pusiera a protestar, Wynn dijo:

—La verdad es que yo también.

Los tres hombres se quedaron mirándola.

—Lo cierto es que tengo que ducharme y... —miró a cada uno de los fascinados hombres—. Estoy hecha un asco. Llevo todo el día trabajando.

Josh ladeó la cabeza.

—Yo te encuentro bien —dijo, de nuevo en el mismo tono suave y lleno de admiración; Zack tuvo ganas de estrangularlo.

Wynn retrocedió un paso.

—Tengo que terminar esto. Pero ha sido un placer conoceros. ¡Dulces sueños, Dani!

—Te deseo lo mismo —añadió Josh en el mismo tono provocativo.

Ella sonrió, se dio la vuelta y echó a andar rápidamente hacia su casa. Josh se quedó allí mirándola y, por la dirección de su mirada, Zack notó que le estaba mirando el trasero. Hasta que Zack le dio un codazo. Bien fuerte.

Mientras volvían a la cocina de Zack, Dani bostezó ruidosamente. Sabiendo lo rápidamente que Dani se quedaría dormida, los hombres se miraron y se sonrieron.

Zack tomó en brazos a su hija.

—A la cama, cariño.

La niña miró a Josh y a Mick con los ojos medio cerrados ya.

—Buenas noches.

Josh se inclinó y la besó en la nariz.

—Buenas noches, princesa.

Mick le hizo cosquillas en los pies.

—Buenas noches, cariño.

Cuando Zack se dio la vuelta para salir de la cocina, vio que Mick se sentaba a la mesa y que Josh volvía a la ventana. Gruñó entre dientes mientras subía las escaleras con su hija en brazos.

—A Josh le gusta —le dijo Dani cuando la puso en la cama.

Zack se retiró y miró a su hija.

—¿Tú crees?

Dani asintió.

—A mí también me gusta. ¿A ti no?

—Está bien —Zack arropó a Dani y le dio un beso en la frente—. ¿Necesitas hacer pipí?

—No —se volvió de lado y apoyó la mejilla sobre el puño diminuto.

Le dio un último beso en la mejilla y se puso de pie. A los dos segundos, Dani ya estaba roncando suavemente. Zack se quedó mirando un momento a su hija. Dani era con mucho lo más precioso que tenía en la vida. Cada vez que la miraba, se daba cuenta de lo mucho que la quería.

Josh continuaba junto a la maldita ventana cuando volvió a la cocina.

—Pareces un perrillo enamorado.

Mick se echó a reír.

—¿En comparación contigo, que interpretas el papel de perro rabioso?

Zack se detuvo al oír las palabras de su amigo. Conocía a sus amigos y si, sospecharan acaso del efecto que le causaba Wynn, no dejarían de darle la lata. Disimuladamente, fingiendo desinterés, se acercó y miró por la ventana. Wynn no estaba en el patio, gracias a Dios. Ojos que no ven...

Suspiró y se sentó a la mesa; entonces se estiró y se frotó el cuello.

—Sin comentarios, ¿eh? —dijo Mick.

—No sé de qué estás hablando —dijo, demasiado cansado como para pensar en otra respuesta.

Mick se inclinó hacia delante y le susurró:

—De la posesividad.

Josh se dio la vuelta.

—Se ha metido en casa hace unos segundos —Josh se sentó con sus amigos—. ¿Habéis visto qué piernas tiene esa mujer?

—Como son kilométricas, sería difícil no fijarse.

Josh arqueó una ceja.

—Está bien hecha, sí señor.

—Tú no has tenido que aguantarla a primera hora de la mañana —dijo Zack deseando haberse mordido la lengua.

Josh lo saludó con el vaso y dijo:

—A mí puede levantarme cuando quiera.

—Josh, siempre piensas en lo mismo —dijo Mick.

—Desde luego, ahora sí que lo estoy pensando. Sin duda.

Zack gruñó antes de poder evitarlo.

—Siento restringir cualquier fantasía con la que te estés deleitando, pero olvídate de ella.

Josh vaciló.

—¿Quién lo dice?

—Yo lo digo. Yo tengo que vivir con ella. No tengo ganas de que salgas con ella, la dejes y después yo tenga que cargar con las consecuencias —Zack sacudió la cabeza con resolución—. De eso nada, de modo que olvídalo.

Mick tocó a Josh con la pierna por debajo de la mesa.

—Además, él ya tiene sus planes —dijo Mick.

Esa vez, Zack se mordió la lengua. Cuanto más hablara, más conclusiones sacarían sus amigos de sus palabras.

Josh miró a Zack y le preguntó:

—¿Es eso cierto?

—No, no lo es —dijo con la esperanza de parecer más firme de lo que se sentía—. ¿Podríamos cambiar de tema ya?

—Porque puedo echarme atrás si estás reclamándola tú.

—No estoy reclamándola —dijo Zack con los dientes apretados—. Pero tú te vas a echar atrás.

Josh lo miró un instante; entonces se echó a reír y miró a Mick.

—Creo que tienes razón.

—¿Vamos a jugar a las cartas, o vamos a quedarnos aquí soñando con mujeres? —rugió Zack.

—De acuerdo, de acuerdo —dijo Josh en tono tranquilizador—. No te pongas así. No debemos soñar.

—Habla por ti mismo —gruñó Mick—. Yo estoy soñando. Preferiría estar en casa con Delilah en este momento.

Josh sacudió la cabeza con pena. Incluso Zack consiguió soltar una risotada bastante creíble.

—Aún eres casi recién casado, de modo que es natural.

—Y además —añadió Josh—, Delilah puede hacer soñar a cualquiera.

Mick hizo ademán de levantarse.

—Preferiría que no hablaras en tono tan íntimo de mi esposa.

Josh se quedó impasible ante la furia de Mick.

—Solo estaba diciendo que estoy de acuerdo contigo.

—Mira que...

—Calla... Pero qué susceptibles son los hombres enamorados —se quejó Josh—. Primero Zack casi me come, y ahora tú.

—Zack no está casado, yo sí.

—Zack quiere casarse —señaló Josh—. Es casi lo mismo —entonces se dirigió a Zack—. ¿Estás pensando en casarte con Wynn?

—No.

—¿Le has visto de verdad el trasero?

—No.

Josh sonrió.

—Aceptaré el primer «no». Pero para el segundo necesito una explicación.

Zack sabía que si tiraba a Josh al suelo, Dani se despertaría, de modo que se resignó.

—Estaba agachada... —balbució sin saber cómo explicarlo.

Josh protestó ante su vacilación.

—Soy todo oídos.

—Yo también —reconoció Mick.

—Llevaba puestos unos pantalones cortos.

—Me he fijado en eso.

—Yo también —añadió Mick.

—¿Queréis que os lo cuente o no? —Zack los miró a los dos con rabia, esperando, pero los dos se habían callado—. Estaba agachada intentando arrastrar una caja al patio trasero y se le subieron un poco los pantalones. No le vi todo el trasero.

Pero había visto lo suficiente para saber que lo tenía tan lindo como las piernas.

—Y voy yo y me lo pierdo —susurró Josh.

Zack se dio por vencido y les explicó su relación completa con la señorita Lane. Les habló de la familia de Wynn, que pronto se trasladarían con su hija, de su hermano, que era grande y fuerte como un toro, y de su manera de ser, descarada e insistente.

—No es la esposa que busco —terminó de decir Zack.

Una vez aclarado el asunto, Zack se relajó un poco y empezó a barajar las cartas.

—El otro día, Dani me preguntó sobre las compresas de las mujeres.

Josh y Mick se quedaron helados.

—¿Lo vio en los anuncios? —preguntó Josh.

—Sí. Estaba viendo unos dibujos cuando de pronto los cortaron y salió este anuncio de compresas.

—¿Y qué le dijiste?

—Bueno, me las apañé más o menos —mintió Zack.

En realidad lo había hecho fatal, pero no estaba dispuesto a reconocerlo.

—Por eso necesito una esposa. Imagino todas las preguntas que surgirán en el futuro. Quiero decir, ¿qué sé yo de moda para jovencitas, o de sujetadores deportivos? —mientras terminaba de barajar las cartas, Zack se acordó de otra cosa—. Mick, ¿te ha contado Josh que en la brigada de bomberos están haciendo un calendario con fines caritativos?

—¿Qué es eso? —preguntó Mick.

Josh tomó la baraja de cartas y empezó a repartirlas.

—Una tía de promoción muy prepotente

es la que lo está organizando todo. Quiere que un grupo de hombres posen ligeros de ropa para las fotos del calendario. Después lo venderán, y los beneficios irán al centro de quemados.

—Una tía muy prepotente, ¿eh? —repitió Mick despacio, como saboreando las palabras—. ¿Quiere decir que tuvo la audacia de excluirte del grupo de modelos?

—No le di la oportunidad. Los interesados tenían que llamarla y concertar una cita. Seguro que para darse un buen festín con la mirada. ¡Qué increíble!

—¿La conoces? —preguntó Zack.

—No me hace falta. Un amigo de otra brigada me ha hablado de ella. Parece ser que es una niña rica que colabora en esta organización caritativa por aburrimiento.

Mick y Zack se miraron. Mick dejó sus cartas bocabajo y cruzó los brazos sobre la mesa.

—¿Desde cuándo te importa el carácter de una mujer?

De pronto, Josh parecía molesto. Zack pensó que ya era hora de que se diera la vuelta a la tortilla.

—Parece ser que es preciosa, ¿vale? Y ya estoy algo harto de las tías así. Quiero alguien más normal. Una mujer genuina —miró hacia la ventana—. Wynn, o como se llame, también me valdría. Quiero una mujer natural, no una muñeca artificial.

—Olvidémonos de Wynn y de la mujer del calendario y juguemos a las cartas —dijo Zack.

Tres horas después, Zack estaba listo para irse a dormir. Mick también estaba bostezando. Josh, el único que no parecía cansado, decidió llamar a una mujer desde casa de Zack e hizo planes para pasar la noche con ella.

Después de despedir a sus amigos, Zack subió a su dormitorio y fue desnudándose por el camino. Se quitó los zapatos y se sentó en el borde de la cama para quitarse los calcetines. Después de apagar la luz, fue a la ventana y aspiró el aire nocturno mientras se bajaba la cremallera de los pantalones.

Y desde allí, a la luz de la luna, recostada en la maldita hamaca como una ofrenda sexual, estaba Wynn. Por un instante, el deseo se apoderó de él y lo hizo sentir una turbación extrema.

Entonces se dio cuenta de algo muy importante. Parecía totalmente dormida. Zack no podía dar crédito a lo que veía. Era una mujer soltera, nueva en el vecindario y, por lo que se veía, lo bastante estúpida como para quedarse dormida en el patio de su casa.

Zack salió de su habitación con los dientes

apretados y paso resuelto. Nada más verla el día anterior, se había dado cuenta de que no iba a darle más que problemas, tanto para su salud mental como emocional.

Capítulo Cinco

El césped bien cortado estaba húmedo y resbaladizo bajo sus pies descalzos, y una brisa suave agitaba su cabello. En cambio, él estaba cada vez más enfadado, más acalorado según iba acercándose a Wynn.

Cuando se detuvo a su lado, Wynn no movió ni una pestaña. Se había quitado los pantalones cortos y la camiseta, y se había puesto una camiseta larga.

Zack la miró a gusto. Sin aquellos penetrantes ojos observándolo o aquella lengua afilada desafiándolo, se sentía más tranquilo, libre para mirarla a su antojo.

Unas finas nubes cruzaron la luna oscureciendo el firmamento, de modo que solo la débil luz del porche la iluminaba. En la penumbra sus pestañas parecían de seda, y su boca tenía un aspecto blando y suave.

El perfume de su champú se mezclaba con los aromas de la noche. De tanto mirarla, Zack sintió que reaccionaba, y le dio rabia.

—Wynn.

Pero ella no se movió.

—Maldita sea, Wynn. Despierta —repitió, pues no quería tocarla.

Sus pestañas temblaron un segundo y un

suave gemido escapó de sus labios ligeramente entreabiertos. A Zack se le aceleró el pulso y se le encogió el vientre.

Entonces decidió zarandearla con fuerza.

—Maldita sea, Wynn, ¿quieres levantarte de ahí antes de que...? ¡Ay...!

Al momento siguiente, estaba tumbado de espaldas sobre el césped cubierto de rocío, sin aliento y con la rodilla de Wynn pegada a su pecho.

—¿Qué demonios te pasa? —consiguió decir.

En ese momento, sintió que lo presionaba con las dos rodillas en las costillas y gimió, intentando respirar. Wynn aprovechó para ponerlo bocabajo y se pegó a él por la espalda, para seguidamente atenazarle la garganta con el brazo.

—¿Pero qué te has creído que estabas...?

Zack echó el brazo para atrás, y la empujó. Aprovechó el momento y se echó sobre ella cubriéndola totalmente con su cuerpo. La agarró por las muñecas, que sujetó sobre la cabeza, y le inmovilizó las piernas con las suyas. Le había hecho tanto daño con las rodillas en los costados, que parecía como si le hubiera roto las costillas. Había imaginado que tendría las piernas fuertes, pero...

—¿Qué demonios te pasa? —le gritó cuando ella empezó a retorcerse.

No había querido gritar, pero era la primera vez en la vida que una mujer lo atacaba. ¡Y desde luego, jamás había pensado en atacar a una mujer! Al ver que Wynn no contestaba, se inclinó hacia delante, temeroso ya de haberle hecho daño.

—No sabía que eras tú —susurró.

¿Así que pensaba que se estaba defendiendo de algún atacante? Tal vez, pero eso no lo tranquilizó. Si no se hubiera quedado dormida en el patio, nada de eso habría pasado.

—¿Te das cuenta —continuó— de que te estoy dejando que me hagas esto?

Incapaz de dar crédito a sus palabras, Zack se retiró y la miró.

—¿Dejándome?

Ella asintió suavemente.

—Podría haberte mordido la cara hace unos segundos. Incluso la yugular.

—Por todos los...

—Incluso ahora —lo pinchó—, si no tuviera miedo de hacerte daño, te lanzaría al suelo.

En ese momento, Zack fue consciente del cuerpo que tenía debajo, de las suaves montañas de sus senos, del generoso valle de sus caderas, de sus muslos largos y fuertes... La tenía agarrada por las muñecas, que no eran delicadas sino fuertes, y se las colocó sobre la cabeza obligándola a estar en aquella postura de sumisión.

Y el hecho de poder controlarla le gustaba mucho. Demasiado. No tenía duda de que ella ya habría notado su erección, puesto que esta le presionaba el vientre. Zack se inclinó hacia delante para poder verle la cara. Se fijó en su boca sensual, entreabierta en ese momento en busca de aire, y en aquellos ojazos tan diferentes. A la tenue luz de la luna, parecían los ojos de un lobo; y esos ojos lo provocaban.

—Inténtalo —le dijo él.

—Oh, no —ella le miró la boca y eso lo excitó aún más—. No quiero hacerte daño, ahora que sé que eres tú.

Sin quererlo, Zack se apretó contra ella. Solo los separaban la fina tela de algodón de su camisola y de sus pantalones. Cerró los ojos, echó la cabeza hacia atrás y empezó a moverse rítmicamente sobre ella.

Sus cuerpos se acoplaron a la perfección, pecho con pecho, entrepierna con entrepierna. Podría besarla y hacerle el amor al mismo tiempo. Solo de pensarlo se estremeció.

Sus pezones se pusieron duros y los sintió rozándole el pecho desnudo. Ella movió los muslos, tal vez para que él se adaptara, pero él se negó a arriesgarse. Sus brazos no le ofrecieron resistencia, a pesar de la fuerza que él sabía que poseía.

Sintió un fuego abrasador.

—Wynn...

Ella levantó la cabeza con el descaro que la caracterizaba, y eso fue la gota que colmó el vaso. Zack nunca había sido un hombre que se dejara llevar por el deseo; pero, por otra parte, jamás había experimentado tanto deseo.

Ella le pasó la lengua por los labios mientras gemía de pura excitación, de aceptación, de avidez. Él le atrapó la lengua y se la succionó con fuerza antes de ofrecerle la suya. Sus agitadas respiraciones rompieron el silencio de la noche, mezclándose con los leves sonidos de los grillos, de las hojas mecidas por el viento. Le agarró las dos muñecas con una sola mano y deslizó la otra entre sus cuerpos para tocarle los pechos.

Como respuesta a sus caricias, ella levantó las caderas con tanto ímpetu, que lo alzó durante unos segundos. A Zack le costó empujarla para volver a aplastarla contra el suelo.

—Zack... suéltame —susurró cuando él comenzó a besarle el cuello.

—No —contestó mientras le acariciaba el pezón con el pulgar.

Wynn soltó un gemido ronco y, tras una maniobra hábil, lo tumbó de nuevo en el suelo. A Zack tuvo ganas de echarse a reír. Entonces se puso sobre él a horcajadas y empezó a acariciarle el pecho desnudo y a moverse sobre él con sensualidad. Le acarició el cuello con la nariz y la boca, y entonces se lo mordió antes de lamérselo de tal modo, que Zack pensó que se volvería loco.

Él le agarró el trasero con ambas manos y se deleitó con la suavidad de su piel, en contraste con su fuerza. La exploró deslizándole los dedos sobre la seda de sus braguitas, presionando hacia dentro para tocarla desde atrás. Tenía las braguitas muy húmedas, y toda ella estaba muy caliente.

Entonces la agarró por las caderas y empezó a moverse entre sus muslos simulando una penetración; a punto estuvo de perder el control. Estaba listo para tomarla, listo para quitarle la ridícula camiseta y tocarla por todas partes. Listo para besarla sin parar.

Solo que no tenía ningún preservativo encima. Además…

La realidad le cayó encima como una tonelada de ladrillos. Y entonces gimió de frustración en voz alta, consciente de sus responsabilidades.

Solo se conocían desde hacía menos de veinticuatro horas. Además, estaban al aire libre. Si él la había visto por la ventana, tal vez su hija los estuviera viendo en ese momento. Cierto era que Dani dormía profundamente, pero todo era posible.

Él siempre se había tenido a sí mismo

como un padre responsable, como un buen servidor de su comunidad. De pronto se sintió horrorizado, avergonzado y tremendamente furioso.

Furioso con Wynn.

La agarró de las muñecas con fuerza.

—Wynn.

Pero su tono de voz no le hizo efecto. Se soltó y continuó besándolo con tanta pasión, que casi estuvo a punto de olvidar su deber. Volvió la cabeza a un lado.

—No.

—Sí —insistió ella; entonces lo agarró de las orejas para que se quedara quieto—. Dios, eres increíble. Tan fuerte, tan sexy y dulce.

¿Dulce? Zack se puso de lado, se la quitó de encima y enseguida se puso de pie.

—Levántate —le dijo Zack sin poder mirarla.

Se dio la vuelta, incapaz de soportarlo. Era tan preciosa, tan sexy. Finalmente oyó un leve crujido y se volvió; ella estaba sentada de lado en la hamaca, mirándolo fijamente, sin pudor.

Zack aspiró hondo.

—Lo siento.

—Sí, yo también —sonrió y sacudió la cabeza.

Eso lo hizo reaccionar.

—¿Qué es lo que sientes?

Wynn se puso de pie y lo miró a los ojos.

—De momento, lo siento todo —se dio la vuelta—. Buenas noches, Zack.

Se quedó tan estupefacto mientras miraba aquel cuerpo de sirena caminando a la luz de la luna, que a punto estuvo de dejarla marchar sin darse cuenta.

—¡Espera un momento!

—Es inútil esperar. Créeme, lo entiendo.

Zack la agarró del brazo y le dio la vuelta. Al momento siguiente, se puso de puntillas y se enfrentó a él con rabia.

—¡No pienses ni por un momento que me has vencido, tío! —le clavó el dedo índice en el pecho y él retrocedió—. Además, me pillaste dormida y he estado un rato adormilada. Ahora estoy bien despierta y se acabó el besarse. Te has puesto otra vez desagradable y odioso, pero no voy a permitir que me maltrates.

Entonces se dio la vuelta para marcharse.

—Wynn —dijo en tono de advertencia.

Ella extendió los brazos y se volvió rápidamente.

—¿Qué?

Zack se recordó que él era un hombre razonable; un hombre lógico, tranquilo y pacífico. Jamás, bajo ninguna circunstancia, peleaba con una mujer, ni siquiera con las más envalentonadas.

Aspiró hondo y se calmó un poco.

—¿Por qué estabas durmiendo en la hamaca? —dijo más calmado.

Ella miró la hamaca y se encogió de hombros.

—Llevo todo el día trabajando, tenía calor y después de la ducha solo quería descansar y tomar un poco el aire. Me quedé dormida sin querer.

Zack juntó las manos a la espalda para no tomarla entre sus brazos.

—¿Sabes, por casualidad, lo peligroso que puede ser para una mujer hacer eso?

—¿Te refieres a un vecino loco que me acecha, está a punto de tirarme al suelo, me besa apasionadamente y me toca hasta que estoy excitada, para luego apartarse sin razón alguna? —le sonrió con aire de suficiencia—. Sí, ahora ya lo sé.

—Me refería —empezó a decir acercándose poco a poco a ella— a que podría entrar un extraño y hacerte algo sin dudar ni un momento. A alguien que pudiera violarte, o asesinarte, o...

—Creo que con violar y asesinar es bastante. No hace falta continuar.

—¡Esto no es ninguna broma, maldita sea!

Ella se cruzó de brazos y ladeó la cabeza.

—¿Acabo de decir que me quedé dormida sin querer? Me parece que lo he dicho, pero dada tu actitud, ya no estoy segura.

—Ha sido una irresponsabilidad.

—Bueno, gracias, mamá, por tu preocupación.

—Wynn, sé que estás emocionada con tu casa nueva...

—Y con mi vecino nuevo, al que le gusta provocar a las mujeres para después retirarse y comportarse como si mi respuesta carnal hubiera herido tu exquisita sensibilidad.

Zack se frotó el cuello y agachó la cabeza para contener la risa.

—No fue mi intención hacer nada de eso.

—¿Ah, no? ¿Te has quedado satisfecho con lo que has hecho? —sacudió la cabeza—. Pobre hombre, te estás perdiendo lo mejor.

—Mira, Wynn, fue un error que nosotros... —miró al suelo—. Eso. No sé tú, pero a mí no me gustan los líos de una noche.

Ella ni confirmó ni negó sus hábitos, lo cual solo consiguió exasperarlo más. Poco a poco, los músculos del cuello y los hombros se le quedaron agarrotados y empezaron a dolerle.

Ella entrecerró los ojos y se acercó a él.

—¿Qué te pasa? ¿Te he hecho daño?

Él apartó las manos del cuello.

—Claro que no.

—Sí que te duele, se nota mucho.

Zack fue a responderle, pero se contuvo.

Ya era hora de recapacitar un poco. Eran vecinos y necesitaban llevarse civilizadamente.

—Anoche tuve que atender dos emergencias bastante desagradables. La primera fue un caso de violencia doméstica —dijo en tono desgarrado—. Tuve que llevar a la mujer al hospital con dos costillas rotas y contusiones múltiples. Gracias a Dios que la policía detuvo al marido en un bar.

Wynn, consciente de sus turbulentas emociones, le acarició el brazo. Fue un gesto tranquilizador que lo ayudó a recuperar la compostura.

—Después hubo un accidente de tráfico. La mujer sufrió un shock, estaba llena de sangre, y no resultó muy fácil sacarla.

—¿Era grande como yo?

—No, esta mujer era obesa —dijo—. Tuve que ponerme en una postura un poco rara para sacarla y creo que me fastidié algo cuando lo hice.

—Mmm. Parece como si te hubieras hecho un esguince.

Él se quedó quieto.

—¿El qué?

—El trapecio —le explicó ella.

Le dio la vuelta sin que él opusiera resistencia y empezó a tocarle la espalda, los hombros, el cuello. Zack gimió. Sus caricias lo excitaban y al mismo tiempo calmaban la tensión.

—¿Aquí? —le preguntó mientras amasaba algún músculo oculto.

—Sí —dijo—. Esto se te da bien.

—Se me dan bien muchas cosas.

Él abrió mucho los ojos.

—¿Te has aplicado calor húmedo?

Dios, ¿por qué todo lo que ella decía, él lo relacionaba con el sexo?

—No he tenido oportunidad.

—Bruto. Trabajas en la profesión, deberías saber que las lesiones deben ser atendidas. Si es necesario, hay que sacar tiempo. Mira, en lugar de jugar a las cartas con tus amigos, deberías haberte metido en tu baño de agua caliente.

Al oír su sugerencia, su inventiva dio un salto y se los imaginó a los dos dentro de la bañera.

—Lo haré.

—¿Cuándo?

Su persistencia lo fastidió.

—Tal vez mañana, después de trabajar.

—¿Qué horario tienes?

Ese, al menos, era un tema sin riesgos.

—Nos rotamos. Trabajo diez horas diarias, cuatro días por semana. Yo suelo trabajar de ocho a seis. Los tres días libres varían y casi nunca son seguidos, pero al menos así todo el mundo libra un fin de semana de vez en cuando.

—¿Quién cuida de Dani mientras trabajas? —se asomó para mirarlo.

—Hay una señora que vive a dos manzanas de aquí. Eloise tendrá unos setenta años y es una mujer dulce y maravillosa. Para Dani es como su segunda casa.

—¿Tiene amigas de su edad?

—Va al parvulario dos días a la semana, pero Dani me dice que la mayoría de los niños allí son «bebés».

Wynn se echó a reír.

—Sí, me la imagino diciendo eso. Está acostumbrada a estar con adultos, ¿verdad?

—Demasiado. Pensé que la escuela de preescolar la ayudaría, y la verdad es que a ella le gusta ir. Una de sus compañeras de clase vive en el barrio y Dani ha estado en su casa en algunas ocasiones.

—Mmm. Eso es bueno para Dani.

Mientras charlaban, Wynn iba bajando poco a poco por la espalda de Zack. A él estuvieron a punto de fallarle las rodillas. Se sentía tan relajado con el masaje, tan bien.

—Si trabajas cuarenta horas semanales, imagino que a veces llegas muy tarde a casa.

—Cierto.

—¿Te la traes a casa?

—Por supuesto —fue a mirarla, pero ella

no le dejó darse la vuelta mientras trabajaba un nudo en uno de los músculos—. Dios me dio una hija con el sueño muy profundo —le dijo mientras gemía dolorido—. La arropo y me la traigo a su cama. Ella ni se entera.

—Si Eloise tiene ya setenta años, ¿cuánto tiempo más crees que podrá continuar cuidándote a la niña?

—Lo he pensado —murmuró—. Estoy pensando en abandonar el trabajo de campo.

—¿Sí? ¿Para hacer qué? —le preguntó mientras sus dedos le presionaban los músculos con la fuerza correcta.

—Tal vez me meta a supervisor —dijo—, o a director de operaciones. O tal vez me dedique a la instrucción. Eso me gusta.

Wynn emitió un sonido de interés y bajó las manos hasta los glúteos.

«Maldita sea», pensaba Zack. Qué dedos tan mágicos los de aquella mujer... tan maravillosos... ¡Tan íntimos!

Zack se volvió hacia ella.

—¡Me estás seduciendo!

—No, solo tocando un poco tus preciosas nalgas.

Él balbució, tanto escandalizado como halagado y, si era sincero, algo excitado. O más bien bastante. En realidad, estaba caliente y listo para perderse entre sus muslos.

Ella tuvo el descaro de echarse a reír en su

cara, y entonces le dio unas palmadas en el pecho.

—Relájate, Zack, tu virtud está a salvo conmigo. Ahora te sientes mejor, ¿verdad?

Flexionó y rotó los hombros para experimentar. Tenía razón, maldita Wynn. Asintió con renuencia.

—Bien —le dio otra palmada—. Si se te pone duro otra vez, ven a verme.

Estaba sin duda bien duro, solo que no donde ella decía.

—No te vendría mal aplicarte un poco de ultrasonido en los músculos afectados, y eso podría hacértelo en el gimnasio.

—Se me pasará —dijo con voz quebrada.

Ella volteó los ojos.

—Eres un superhéroe, ¿no? Inmune a las necesidades de tu cuerpo, ¿verdad?

El ser insistente probablemente era algo natural en ella. Seguramente se había criado haciendo exigencias y causando conflictos.

—Estoy intentando hacer lo que es mejor para los dos, y lo sabes. Somos vecinos. Cualquier cosa más allá de una amistad sería demasiado difícil.

Ella suspiró largamente antes de decir:

—Como sea —y se volvió para marcharse.

—Espero que lo entiendas —le gritó Zack mientras ella se dirigía hacia su casa.

Tenía el cuerpo relajado del masaje, pero

tremendamente vivo. Lleno de vida. Era una mezcla de sensaciones muy extraña. Algo muy carnal.

Ella agitó la mano sin volverse. Segundos después oyó el clic de la puerta.

Qué mujer más fastidiosa.

Había tomado la decisión correcta, a pesar de su enorme erección. Pero entonces, ¿por qué se sentía tan mal consigo mismo? ¿Por qué odiaba tanto haber tomado aquella decisión?

Una luz se encendió en el piso de arriba y la oyó silbar. Era una mujer sin preocupaciones, mientras que él estaba allí en el patio sin poder moverse, atribulado por un sinfín de fuertes emociones. Miró hacia su ventana deseando que apareciera, pero cuando se apagó la luz supo que se había ido a la cama.

A partir de ese momento, tendría que tener cuidado para no encontrársela. Y dado su horario, eso no resultaría demasiado difícil.

Wynn observó a Zack desde la ventana de su dormitorio a oscuras. Parecía tan rígido, todo él destilando frustración, que casi esperó que se pusiera a aullar. Pero él se dio la vuelta y se marchó a su casa.

Su masaje había sido inútil. Se daba cuenta de que aquel hombre estaba empeñado en estar tenso.

Suspiró. Qué fastidioso el destino, pensó con el corazón un poco encogido al ver cómo se alejaba. Suspiró con frustración. Zack era el primer hombre que la hacía sentirse como gelatina por dentro. Desgraciadamente, había resultado ser un maldito mojigato.

Pero al momento se dio cuenta de que existía la posibilidad de que no fuera un mojigato en absoluto. Un hombre tan fuerte, tan sexy, tan inteligente y responsable como Zack sin duda sentiría más bien desinterés que restricciones morales.

¿Por qué iba a interesarse por ella?

Desde que se habían conocido esa mañana, no había hecho más que ponerse en ridículo continuamente. Cerró los ojos mientras pensaba en lo que había hecho. Dios, lo había acosado a cada momento, provocado e incluso se había revolcado con él en el césped. Lo había insultado y todo, y encima quería que la deseara aunque fuera un poquito.

Sacudió la cabeza. Era una total y absoluta cretina.

Se apartó de la ventana y salió al pasillo. Necesitaba otra ducha. Aquella, preferiblemente, bien fría para ahuyentar el deseo que se negaba a abandonarla. Sabía que no conseguiría dormir esa noche; sobre todo, después de haberlo sentido encima de ella, de haber aspirado el aroma de su parte más íntima.

Tenía que recuperar la compostura y darle al hombre su espacio. Apremiarlo no era la mejor táctica. Zack era un hombre discreto. Era un buen padre, un hombre tierno y, con mucho, el hombre más atractivo que Wynn había conocido en su vida.

Zack necesitaba tiempo para acostumbrarse a ella, para conocerla.

Iría poco a poco. Sería encantadora, dulce y cortés... Porque con él la seducción no parecía funcionar.

Capítulo Seis

Zack la veía cada maldito día de la semana. Se despertaba por la mañana y ella estaba fuera trabajando en el patio, limpiando el camino o charlando con los demás vecinos. Llegaba a casa del trabajo y ella entraba o salía en ese momento. Se la encontraba en la tienda de ultramarinos, y una vez cuando los dos salieron a tirar la basura. Dani charlaba con ella cada vez que la veía, como si fueran amigas de toda la vida. Y Wynn estaba de lo más atenta y dulce... Pero con Dani.

Lo irritaba, sobre todo porque cada maldita noche se tumbaba en la hamaca. Antes de acostarse, se acercaba a la ventana y la miraba como si se le fuera la vida en ello. Todo su cuerpo empezaba a cantar al verla allí tan relajada. Cada vez que la miraba, se excitaba.

A veces ella leía hasta que se ponía el sol; a veces tan solo se balanceaba en la hamaca escuchando música con unos cascos. A veces dormitaba y a veces silbaba, pero ni una sola vez se había quedado profundamente dormida.

Casi deseó que lo hiciera, para así tener una excusa legítima que le permitiera acercarse a ella.

Ya no se mostraba entrometida. En realidad, parecía haber perdido interés en él. Siempre se mostraba cordial, los saludaba con la mano y luego continuaba con lo que estuviera haciendo. Wynn lo trataba como trataba a otros vecinos, y eso no le gustaba.

Jamás se había dado cuenta de que fuera un hombre veleidoso. Pero lo cierto era que la echaba de menos. Apenas la conocía y ya se había acostumbrado a ella. Igual que Dani.

Su hija se sentaba a menudo a la puerta de la cocina y se quedaba mirando la casa de Wynn con expectación. Dani la echaba de menos. No lo satisfacían ni las breves y amigables charlas ni los saludos con la mano, y eso era algo con lo que Zack no había contado.

Se le partía el corazón.

—Dani —llamó a su hija—, ven a comerte el sándwich.

Dos segundos después, Dani se asomó a la puerta.

—Me lo voy a comer aquí fuera.

Normalmente a Zack no le hubiera importado, pero no quería que su hija se pusiera triste.

—Dani…

—Wynn también querrá un sándwich.

Zack se quedó inmóvil y lo invadió una

extraña emoción, algo que se negaba a analizar.

—¿Está ahí fuera?

—Está con un grupo de hombres muy grandotes.

Antes de que su cerebro pudiera darle la orden a sus pies, estaba a la puerta de su cocina. Sin duda, allí estaba Wynn, rodeada de tres culturistas; todos ellos enormes, todos guapos.

Todos adulándola.

Frunció el ceño y pensó en meterse dentro antes de que ninguno de ellos lo viera, pero de nuevo su hija lo traicionó.

Dani avanzó dos pasos por la pendiente cubierta de césped y agitó los brazos como un molino.

—¡Eh, Wynn!

Wynn levantó la vista y sonrió a Dani con aquella sonrisa deslumbrante. Le dio unas palmadas en el pecho a uno de ellos y a otro un golpe en la espalda, antes de acercarse a Dani. Zack notó que se le aceleraba el pulso. Hacía ya una semana que había hablado con ella, una semana que había estado cerca de ella. Por mucho que quisiera negarlo, la había echado de menos. Tal vez incluso más que su hija.

Se sorprendió al ver que Dani echaba a correr a los brazos de Wynn. Claro que,

Wynn no lo sorprendió cuando se agachó y abrazó a su hija con afecto.

—¿Qué haces, diablillo?

—¡Puedes comer manteca de cacahuete y gelatina conmigo!

Wynn miró a Zack, lo vio con un sándwich en un plato y dijo:

—Me encanta la manteca de cacahué con gelatina. ¿No te importa compartir?

—No.

—¿Qué tal estás, Wynn? —le preguntó Zack tras aclararse la voz.

—Muy ocupada. Mis padres se mudan mañana. He tenido que organizar todas mis cosas para poder dejar sitio para las suyas. Esta mudanza suya, además de la mía, me está resultando agotadora.

Tomó el sándwich, le ofreció la mitad a Dani y dio un buen mordisco de la otra mitad.

—Mmm. Delicioso.

Zack hizo caso omiso a su comentario y le preguntó:

—¿Quiénes son tus invitados?

Ella se encogió de hombros con negligencia.

—Querían ver mi casa nueva; también me van a ayudar a colocar los muebles del patio. He comprado una mesa de merendero con sombrilla y unas sillas. También tengo unas cuantas plantas. Estoy deseando verlo todo montado. El camión debe de estar a punto de llegar.

—¿Y te hacen falta tres gigante para colocar los muebles del jardín?

Ella se sorprendió ante la amargura de su tono. «Maldita sea», casi parecía que estuviera... celoso.

—También querían ver mi casa nueva —anunció—. Me parece que tienes un problema en el oído. O más bien, solo escuchas lo que te conviene.

—Yo también te ayudo —dijo Dani.

—No sé, no sé —dijo Wynn fingiendo que la examinaba. Necesito trabajadores fuertes. ¿A ver qué músculos tienes?

Dani flexionó el delgado brazo.

—Vaya —dijo Wynn mientras le apretaba el músculo inexistente—. De acuerdo, creo que eres lo bastante fuerte —miró a Zack—. Eso es, si a tu papá no le importa.

—Por favor, papi... —le suplicó mirándolo con sus grandes ojos azules.

—Vamos, Zack —le dijo Wynn—. Tendremos cuidado. Y te prometo que la vigilaré.

Zack la miró. Wynn llevaba unos pantalones vaqueros cortados por la rodilla y una camiseta de algodón gris. Estaba descalza y llevaba el cabello recogido en una coleta sobre la coronilla, de modo que parecía una fuente.

De un modo distinto, extraño, a Zack le pareció la mujer más atractiva que había visto en la vida.

Dani quería estar con ella y él se lo permitiría. Pero como padre, decidió que debía estar al lado de su hija. Era lo más lógico.

—De acuerdo, pero yo también te ayudaré.

Wynn lo miró.

—No tienes que hacerlo.

—Yo voy donde va mi hija —le dijo, dejando que ella asumiera que no confiaba del todo en sus amigos.

Ella entrecerró sus preciosos ojos, que se iluminaron de rabia como si fueran dos lingotes de oro. Zack le sonrió. Era tan fácil provocarla.

—Bien —contestó ella—. Pero tendrás que pasar también la prueba de la fuerza.

—No seas ridícula.

—Eh, eres tú el que ha insistido. Y me parece lo justo, ya que Dani también tuvo que pasarla.

Dani se puso a pegar botes.

—¡Papá, enséñale los músculos!

—Sí, enséñamelos, papá —añadió Wynn, y a Zack le dio la horrible impresión de que se había puesto colorado como un tomate.

—Prometo que soy fuerte —respondió con los dientes apretados.

Wynn sacudió la cabeza.

—No es suficiente. A mis amigos les veo los músculos, y Dani me ha demostrado que los tiene —arqueó las cejas y le sonrió con suficiencia—. Ahora enséñame lo que tienes.

Zack sabía que estaba en forma. Tenía que hacer tablas de gimnasia a diario en el parque de bomberos. Llevaba una dieta sana, ya que su trabajo le exigía mucho tanto física como mentalmente.

Wynn lo agarró de la muñeca y lo miró a los ojos.

—Ahora flexiona.

Zack apretó los dientes e hizo lo que le pedía. Sus bíceps se hincharon. No tenía los brazos tan grandes como los culturistas, pero él estaba conforme con su fuerza.

La mirada de Wynn se oscureció y le tembló la mano que lo agarraba por la muñeca.

—Bonito —murmuró en tono demasiado íntimo—. Creo que tal vez me valgas.

Dani se puso de puntillas para señalar la parte superior del brazo de Zack.

—Ahí es donde le dieron el tiro a papá.

—¿Un tiro?

Wynn fue a mirarlo mejor, pero Zack apartó el brazo.

En ese momento llegó el camión con los muebles, que empezó a meterse marcha atrás en el patio de Wynn. Después de echarle una mirada que prometía que el tema no quedaría ahí, se volvió hacia los tres hombres que estaban en su patio.

—Ha llegado el camión —les gritó—. El cheque está sobre la mesa del vestíbulo. ¿Podéis ir uno de vosotros por eso y firmar el albarán? Ahora mismo voy para allá.

Los forzudos asintieron al unísono y fueron a hacer lo que les había pedido Wynn.

—¿Podríais darme un poco de leche? La manteca de cacahué se me ha quedado pegada aquí —dijo, y señaló el pecho.

Zack se quedó inmóvil imaginando lo que había bajo la camiseta gris. Afortunadamente, su hija era una anfitriona perfecta.

—Siempre tenemos leche en casa —agarró a Wynn del brazo y entraron en la cocina, y Zack tuvo que seguirlas.

—Tienes que regular tus hábitos alimenticios —le dijo mientras le servía la leche en un vaso largo—. Y no puedo creer que dejes que esos hombres firmen el albarán de tus muebles. Ni que los dejes entrar y salir de tu casa con tanta libertad —añadió pasándole el vaso.

Wynn se bebió medio vaso y entonces lo miró a los ojos.

—Marc, Clint y Bo son buenos amigos. Sé que puedo confiar en ellos.

Dani estaba junto a la puerta, mirando a los hombres.

—Son grandísimos, la verdad.

Zack esbozó una sonrisa maliciosa antes de decir:

—Parece que a Wynn le gustan así.

Ella le sonrió provocativamente y se acercó a él para susurrarle:

—Pero nunca he estado en mi patio, tirada en el suelo con ninguno de ellos. Nunca —entonces se puso derecha y le preguntó—: ¿Cómo te dieron el tiro?

Zack decidió cortar aquella conversación inmediatamente; la agarró del brazo y empujó suavemente a su hija hacia la puerta.

—Si vamos a ayudar, será mejor que lo hagamos ya.

—¿Qué puedo hacer yo?

—Tengo unas plantas pequeñas que necesitan un cuidado especial hasta que las plante en el jardín —le dijo Wynn—. Si quieres, puedes llevarlas al porche trasero, bajo el tejadillo, para que los hombres puedan colocar los muebles sin pisarlas. Me fío más de ti que de ninguno de esos tíos.

Dani salió corriendo y Zack le gritó:

—Ten mucho cuidado, Dani. No ten pongas por en medio.

En cuanto Dani se marchó, Wynn volvió a preguntarle:

—¿Cómo te dispararon?

—No es nada.

—De verdad. ¿Qué pasó?

—Eres una mujer tan insistente.

Ella lo miró fijamente, y Zack se dio cuenta de que aún la tenía agarrada por el brazo. La soltó y la miró.

—¿Qué? —le preguntó al ver que ella seguía mirándolo.

Por primera vez en su vida, ella lo miraba con arrepentimiento.

—No ha sido mi intención ser insistente —murmuró y se puso colorada hasta las orejas—. Es... supongo que una mala costumbre. Lo siento —fue a decir algo más, pero entonces se calló y se dio la vuelta para marcharse.

Zack la agarró de nuevo.

—Wynn.

Ella se detuvo, pero no lo miró a la cara; más bien se miró los pies.

En ese momento, Zack dirigió la vista hacia la ventana y vio que los tres hombres lo estaban mirando.

—Menudos muebles tan grandes que has comprado.

Ella se encogió de hombros, pero no levantó la cabeza.

—Soy una chica grande. Necesito cosas grandes para estar cómoda.

—Cierto. Esos tíos que te están ayudando

a colocarla también son grandes, y se ve que quieren protegerte.

Wynn lo entendió y levantó la vista. Nada más verlos, Wynn recuperó su arrogancia natural.

—Oh, por amor de Dios. ¿Os vais a pasar así todo el día?

Uno de ellos, un forzudo con bronceado de lámpara, esbozó una sonrisa de complicidad.

—Solo hasta que veamos que estás bien.

—¿Os preocupa Zack? —preguntó Wynn en tono muy sorprendido.

Y para completar el insulto, señaló a Zack, que estaba detrás de ella, con el pulgar y dijo:

—Por favor, no seáis tontos.

Uno de los que agarraba el sofá esbozó lo que podría llamarse una sonrisa.

—Solo Wynn nos llamaría tontos —le dijo a Zack—. Soy Bo. Un… amigo.

Los otros dos sonrieron, cosa que irritó a Wynn y fastidió a Zack. ¿Qué diablos habría querido decir Bo? ¿Sería una broma entre ellos? ¿Estarían liados Bo y Wynn?

El tipo que sostenía el otro extremo del sofá dijo:

—Bo, Wynn te va a echar los perros por eso —y luego se volvió a Zack—. Soy Clint, y ese de ahí es Marc.

Zack asintió.

—Yo soy el vecino de Wynn, Zack Grange.

—Sí, claro —todos rieron con satisfacción y miraron a Zack y a Wynn—. Un vecino.

Zack apretó los dientes.

—La niña que está correteando por ahí es mi hija, Dani.

Bo le guiñó un ojo.

—Es una dulzura. Y oye, a Wynn le chiflan los niños.

Wynn miró rápidamente a Zack; entonces se volvió hacia los tres culturistas y les dijo en voz baja:

—Os vais a enterar.

Al instante, los tres forzudos se dispersaron, como si de verdad le tuvieran miedo, y continuaron colocándole los muebles en el patio.

Zack tiró de ella para que lo mirara a la cara.

—¿Bo es tu novio?

Ella abrió los ojos como platos y se echó a reír.

—¡No, claro que no!

—Entonces, ¿qué eran todas esas bromas y miradas que se han echado?

—Bo coquetea con todas, más o menos como tu amigo Josh. Tiene al menos una docena de novias. Y sí, finge que me quiere añadir a la lista, pero todo es en broma. No soy una idiota y él lo sabe.

Eso lo hizo recordar otro tema que lo fastidiaba.

—Pues parecías bastante interesada con Josh.

—¡Ah! Bueno, es muy guapo y me pilló por sorpresa. Estoy acostumbrada a que Bob diga cosas, pero no otros hombres. Eso es todo —miró a Zack y preguntó—: ¿Y tú? ¿Tienes novia?

—No.

Pero no porque no lo hubiera intentado. Aún no había conocido a la mujer adecuada para él y Dani, y no veía razón alguna para liarse con la persona equivocada.

Solo que Wynn... Sintió la tentación.

Ella lo miró con escepticismo.

—No tienes que preocuparte por esos tres. Tan solo son demasiado protectores, pero ahora que les he dicho que eres inofensivo, se quedarán tranquilos.

—¿Inofensivo? —se acercó a ella de tal modo, que casi se rozaban—. Uno de estos días voy a hacer que te comas todos esos insultos.

Ella lo miró con fascinación.

—¿Es cierto? ¿Cómo?

—Se me ocurren unas cuantas ideas.

Para ayudarlo, ella le sugirió:

—Podríamos luchar otra vez. Tal vez puedas ganar.

Esa mujer era endiabladamente fastidiosa, irracional... La soltó y se apartó de ella. Ella soltó una risilla de satisfacción, pero enseguida fue detrás de él.

Y él que había pensado que la había echado de menos. ¡Ja! ¡Qué tontería!

Entonces, ¿por qué iba sonriendo?

El patio comenzaba a estar como Wynn lo había imaginado; incluida la preciosa barbacoa de gas que Zack había sugerido que colocara lejos de la ventana de la cocina para que no se llenara la casa de humo.

Haría cosa de media hora que Zack se había quitado la camisa porque hacía mucho calor. Wynn lo miró y se dio cuenta de que estaba más pendiente de él que de ningún otro hombre.

Vio que alzaba la cabeza y que buscaba a su hija con la mirada. Sin duda, era el padre más cuidadoso que había visto en su vida. Al momento localizó a Dani con uno de los culturistas, tomándose un refresco de cola, y sonrió con orgullo y amor. Al verlo, pensó que le estallaría el corazón. Hacía ya una semana que no estaban juntos, y sentía la necesidad de estar de nuevo con él.

En esos días había hecho lo posible para darle tiempo y espacio, pero no creía que pudiera soportarlo más.

Bo se acercó a ella y le dio una palmada en el trasero.

—Necesito nutrirme después de tanto trabajo. ¿Tienes algo de comer?

Echó una mirada en dirección a Zack y vio que, en lugar de sonreír, la miraba con desaprobación. Wynn reprimió las ganas de frotarse el trasero. No era culpa suya que los amigos de su hermano tuvieran tanta confianza con ella.

—Iba a pedir una pizza.

—No hace falta, cielo —le dijo Marc—. No podemos quedarnos tanto. Pero un sándwich no vendría mal.

Ella señaló hacia la cocina.

—En la nevera hay de todo. Preparaos lo que queráis.

Wynn fue al otro lado del patio y se sentó en el sofá. Los cojines de listas verde oscuro y crema eran suaves y confortables, y pasó la mano por el asiento con satisfacción. Aquello era todo suyo, la casa, el patio, los árboles, la hamaca y... sus vecinos. Todo suyo.

Vio que Zack la miraba y sonrió.

—Bonito, ¿verdad?

Zack parecía tan enfadado, que pensó que no le contestaría. Entonces se sentó a su lado.

—Es muy bonito. Tienes buen gusto.

Zack se volvió y miró hacia donde estaba

su hija. Mientras observaba su perfil, Wynn suspiró.

—Bo solo es... Bo. Lo conozco casi desde que conozco a Conan. Fueron juntos al colegio y todo eso. Lo cierto es que él no...

—No muestra vacilación alguna a la hora de tocarte el trasero. Ya me he dado cuenta. Y también que a ti no te importa.

Ella se enfadó.

—Me trata como a su hermana pequeña la mayor parte del tiempo.

—Ya... —Zack se volvió hacia ella—. No sé por qué me sorprendo, teniendo en cuenta que... —emitió un sonido de fastidio mientras se volvía a mirar hacia delante.

El corazón empezó a latirle con fuerza y se le encogió el estómago.

—¿Teniendo en cuenta el qué? —cuando no contestó, ella continuó—. Zack, no hace falta que seas un hipócrita. Yo no estaba sola esa noche. Los dos nos dejamos llevar.

Él se pasó la mano por el cabello.

—Jamás en mi vida he hecho algo así, de modo que tuvo que ser por tu culpa.

Lo dijo con tanta tranquilidad, le echó la culpa con tanta parsimonia, que Wynn tuvo ganas de estrangularlo.

—¡Fuiste tú el que apareciste de repente!

—No aparecí de repente —gruñó él.

—¡Ja! Estaba dormida.

—Sí, ¿y qué mujer hace eso? —se volvió a mirarla con expresión rabiosa y confusa—. ¿Qué mujer duerme en el patio de su casa de noche, medio desnuda?

—No estaba medio desnuda, cretino. Lo dices como si se me hubiera visto algo —sacudió la cabeza, se dio cuenta de que acababa de insultarlo y quiso morderse la lengua; aspiró hondo e intentó hablar con calma—. Zack, yo...

Pero él no la dejó terminar.

—Yo nunca me dejo llevar de ese modo. Nunca.

—Pues la otra noche lo hiciste.

Él entrecerró los ojos y la miró.

—Sí. Mal hecho por mi parte.

Wynn aspiró hondo. Maldita sea, eso le había hecho daño. No supo si quería golpearlo o ponerse a llorar. Nunca había sido de lágrima floja, pero en ese momento sintió ganas de llorar. Le tembló el labio de abajo.

Por un instante, Zack pareció sentirse culpable.

—Mira, Wynn, en realidad nada de lo que hagas es asunto mío.

En ese momento, se oyó una voz conocida. Wynn volvió la cabeza y casi se dio con el cinturón del pantalón de Josh, que se acercó a ellos por detrás del sofá. Llevaba unos tejanos desteñidos y una camiseta blanca.

Zack también se volvió hacia él.

Josh se apoyó sobre el respaldo del sofá.

—He pasado para cancelar la comida de hoy —dijo Josh—. Mick tiene que acompañar a Del a un sitio —asintió en dirección al sándwich que le había dado Marc—. Aunque veo que se te había olvidado.

Josh rodeó el sofá y se sentó al lado de Wynn. Incluso le echó el brazo por la cintura.

Zack le pasó el sandwich a Wynn y se cruzó de brazos.

—Josh, tienes que conocer a los tres protectores de Wynn. Bo y Marc, y aquel que está con Dani es Clint.

Bo y Marc asintieron, pero Clint no había visto a Josh.

Josh les dio la mano.

—Josh Marshall. ¿Qué tal estáis?

—Estaban a punto de irse —dijo Wynn echándoles una indirecta.

Bo volteó los ojos.

—Deja de preocuparte, muñeca. No vamos a maltratar a tu vecino.

Josh se echó a reír.

—¿Maltratar a Zack? Pues claro que no. Sabéis que es enfermero, ¿no?

Los hombres miraron a Josh con curiosidad.

—Pues lo es, así que no os dejéis engañar,

117

porque el personal médico tiene que estar muy en forma. Yo lo he visto levantar a hombres de ciento cincuenta kilos y llevarlos a cuestas como si fueran niños. Y otras muchas cosas. Es capaz de...

—Soy capaz de saltar por encima de los rascacielos y soy más rápido que una bala, ¿no?

Josh se echó a reír.

—No sé lo de los rascacielos, pero he visto la bala que te hirió el brazo, así que tan rápido no eres.

Wynn aprovechó la oportunidad.

—Yo también la he visto. ¿Cómo ocurrió, lo sabes tú?

—Claro que lo sé. Yo estaba allí.

—Josh —le dijo Zack en tono de advertencia.

Pero todo el mundo los miraba con curiosidad. Wynn no pensaba dejarlo pasar, y parecía que Josh tampoco.

—Nos llamaron para unos disturbios. Había edificios en llamas y cristales por todas partes; la calle estaba llena de gente.

—Dios mío —exclamó Wynn.

Nunca se había imaginado a Zack implicado en algo tan violento, y de pronto sintió miedo.

Josh asintió.

—La gente inocente se escondió en los

callejones, sin poder moverse. Una mujer recibió un balazo y se estaba desangrando en el suelo, en medio de todo el jaleo. Había policía por todas partes. Pero tuvimos miedo de que se muriera antes de llegar hasta ella.

Wynn ya sabía lo que le iba a contar Josh, y en ese instante sintió que se enamoraba de pies a cabeza de Zack. Al cuerno con todas las inconveniencias. Su corazón sabía sin duda lo que le convenía.

Zack sacudió la cabeza.

—No fue tan dramático. Muchos oficiales me cubrieron.

—No lo bastante bien —señaló Josh—. En realidad, lo hirieron cuando cubrió con su cuerpo a la mujer para protegerla de que volvieran a herirla.

—Al final todo salió bien —gruñó Zack mientras buscaba la camisa.

—Sí —sonrió Josh—. Que yo recuerde, quedó eternamente agradecida después. Agradecida de verdad, ya me entendéis.

Marc y Bo se echaron a reír con complicidad. Wynn volteó los ojos.

—Cállate, Josh.

—Soy una tumba.

Zack le quitó otra vez el sándwich a Wynn y dio un buen bocado.

—Como he interrumpido vuestro almuerzo, Josh, ¿te apetece que te prepare también un sándwich?

—¿Le vas a preparar un sándwich? —dijo Bo—. Maldita sea, nosotros hemos pasado toda la tarde trabajando para ti y no te has ofrecido a prepararnos nada.

Wynn le dio un buen codazo.

—Comportaos como es debido —dijo, e incluyó a Zack en esa orden; entonces agarró a Josh del brazo y tiró de él hacia la puerta del patio—. Ahora mismo volvemos.

Capítulo Siete

Wynn lo invitó a pasar. Cuando llegaron al pasillo, lo empujó contra la pared.

—Me alegro tanto de que te pasaras.

Josh se quedó pasmado.

—Esto... —agarró a Wynn de los brazos para impedir que se acercara más—. Sí, bueno, es que yo pensé que... bueno... —miró a su alrededor con aspecto agobiado.

A Wynn le costó un momento averiguar qué le pasaba. ¡Qué fraudes podían llegar a ser los hombres!

—El caso es que... —continuó— pensaba que te gustaba Zack.

Wynn le pasó la mano por el hombro fuerte y musculoso.

—Me gusta —le confirmó—. Por eso te he traído aquí —le dio unas palmadas en el pecho—. Para que me cuentes más cosas sobre él.

—¡Ah, qué bien! —exclamó relajándose visiblemente—. Es justo lo que quería oír —añadió más sonriente—. Eso es estupendo.

—Pero creo que yo no le gusto mucho a Zack.

—Creo que le gustas demasiado. Ese es el problema, al menos para él —ella se apartó y fueron juntos a la cocina—. Personalmente, yo creo que eres perfecta para él.

—¿De verdad?

—Pues claro, maldita sea —le retiró una silla para que se sentara—. ¡Mírate! Eres atractiva, estás sana. Por su trabajo y desde que perdió a su esposa, a Zack le parece muy importante cuidarse, llevar una vida sana.

Wynn pestañeó ante tanto sentimiento.

—También eres divertida y parece que quieres a Dani —frunció el ceño—. Es muy importante, ¿sabes?, que te guste su hija. Y no puedes fingir en eso, porque muchas mujeres lo han intentado y él siempre se ha dado cuenta de que no lo hacían de corazón.

Wynn se quedó sin habla ante tan verborrea. ¡Y eso que no le había hecho ni una sola pregunta!

La miró algo preocupado por su silencio.

—Te gusta Dani, ¿no?

—Por supuesto que sí —dijo—. Es adorable, lista, precoz, valiente —se encogió de hombros—. Bella como su padre.

Josh sonrió.

—Zack es bello, ¿eh? Qué risa.

Wynn se dio cuenta de lo que había dicho y se sonrojó.

—No se te ocurra decirle nada a él.

—Oh, no, claro que no.

Wynn no lo creyó.

—Josh...

—¿Tienes algo de comer?

—Claro, come lo que quieras.

—Así que tus amigos tenían razón. No quieres servir a los hombres.

Con todas las preguntas que quería hacerle a Josh, Wynn había olvidado sus modales.

—Lo siento —se puso de pie—. Tengo muchas cosas en la cabeza.

Josh la empujó para que se volviera a sentar y le dio unas palmadas en el hombro.

—Llevas todo el día trabajando y ya soy mayorcito, puedo hacerlo solo.

Apoyó los codos sobre la mesa y gimió de frustración.

—Es horrible. Llevo tanto tiempo sin salir, que ya no sé atraer a un hombre. Lo estoy haciendo todo mal —dijo sin levantar la vista.

—¿Estás intentando atraer a Zack?

—Sin demasiado éxito.

—No es cierto —Josh abrió el frigorífico y Wynn vio que se servía zumo y que sacaba algunos ingredientes para prepararse un sándwich.

Entonces se sentó a la mesa.

—Zack se ha fijado bien en ti. Solo que no quiere reconocerlo.

—¿Tú crees?

—Lo sé —dijo mientras metía las suficientes lonchas de carne asada entre dos rebanadas de pan como para que comieran varias personas—. Zack no se ha comportado de manera tan extraña con una mujer desde que estuvo con su esposa.

Wynn se preguntó cómo abordar el tema; entonces decidió que era inútil andarse con rodeos.

—¿Quieres hablarme de ella?

Josh dio un bocado y asintió.

—Joven, preciosa. Muy dulce y menuda —miró a Wynn—. No se parecía en nada a ti, excepto en que tú también eres preciosa.

Wynn se puso colorada inmediatamente. ¡Josh era tan coqueto! Decidió que lo mejor era no hacerle caso.

—Solo tengo veintiocho; tampoco soy tan vieja.

—Una anciana comparada con Rebecca.

¿Así que a Zack le atraían las mujeres muy jóvenes y menudas? Justo lo que no quería oír.

—¿Así se llamaba? ¿Rebecca?

—Sí. Habría cumplido veintiún años un mes después de tener a Dani, de no haber fallecido.

Muy joven. Aunque Wynn no había conocido a la mujer, le dolió pensar en ella. Dani y Zack habían perdido tanto.

—¿Cuánto tiempo estuvieron casados?

—Solo unos siete meses. El embarazo fue una sorpresa y la razón de su matrimonio. En cuanto Zack se enteró, insistió hasta que Rebecca cedió. No estoy seguro de que fuera lo que ninguno de los dos quería en ese momento.

Wynn tragó saliva.

—¿Cómo murió?

Josh dejó el plato a un lado y se recostó sobre el respaldo. Miró hacia la ventana que había detrás de Wynn y su expresión se volvió triste.

—Lo pasó muy mal durante el embarazo. Era tan menuda, que la presión fue demasiado para su cuerpo. Se le hincharon los tobillos, le dolía la espalda, bueno... ya te haces una idea.

—Sí.

—Los cambios físicos le sentaron muy mal, de modo que su estado mental no era el mejor tampoco. Deseaba tener a Dani, sin duda, pero lo pasó muy mal en aquellos últimos meses de gestación. Física y emocionalmente.

—Creo que eso es bastante común, ¿no?

Josh se encogió de hombros.

—Zack y yo estábamos los dos en el incendio de un almacén cuando se puso de parto con cinco días de antelación. Ella llamó al parque de bomberos, e inmediatamente hicieron lo posible para encontrar a alguien que sustituyera a Zack, pero la destrucción era enorme y todo el mundo estaba de servicio. Zack estaba atendiendo un montón de cosas distintas, trabajando sin parar, preocupado, nervioso y muy enfadado porque no se podía marchar así como así. Pensó que Rebecca estaba bien, que habría llegado al hospital y que se estarían ocupando de ella...

—¿Pero?

Josh se puso de pie.

—Las contracciones fueron demasiado fuertes y no pudo continuar conduciendo. Perdió el control del vehículo y se cayó en una zanja. Se llevó dos coches por delante, pero nadie sufrió ninguna herida grave. En el trayecto en helicóptero al hospital, murió. Consiguieron salvar a Dani.

Wynn sintió que la ahogaba la emoción. De repente, le dolía el estómago y el corazón le hacía daño de tan fuerte que le latía. Se podía imaginar lo que había pasado Zack.

—Normalmente es como una roca —dijo Josh en voz baja, como si le hubiera adivinado el pensamiento—. No se inquieta por nada. Siempre es tranquilo, educado y razonable. Siempre.

Ella levantó la cabeza. ¿Zack tranquilo y

razonable? Pues con ella casi nunca se mostraba tranquilo.

—Cuando salvó la vida de aquella mujer y recibió el balazo, fue porque Zack se colocó entre ella y las balas. Arriesgó su vida por una persona que no conocía. Él es así. No puede soportar ver a nadie sufriendo —aspiró hondo—. Imagina lo que sintió cuando no pudo estar con Rebecca.

—¿Se sintió culpable?

—Sí, durante un tiempo. Pero luego Dani lo hizo olvidar. Durante las dos primeras semanas fue un bebé maravilloso, pero después se convirtió en un pequeño demonio. Cuando estaba con la niñera se portaba de maravilla, pero en cuanto lo oía a él, empezaba a exigir. Quería que la tuviera en brazos todo el tiempo.

Wynn se quedó pensativa.

—¿Quieres decir que al principio él no la atendía?

—Oh, no, de eso nada. Se preocupó de que alguien cuidara de ella y, cuando se iba a trabajar, la besaba y la abrazaba. Se sentía responsable, pero tenía tanta pena, tanto arrepentimiento, que no había sitio para nada más, y menos aún para el amor. Hasta que Dani le robó el corazón.

—Es un buen padre.

—Es el mejor padre que he conocido. Y

será también un marido maravilloso.

Wynn estaba intentando asimilar la indirecta cuando Zack apareció a la puerta hecho una furia.

—Aprecio los elogios, Josh, pero te estás pasando.

—Esto, no habrás dejado ningún cadáver fuera, ¿verdad?

—Cállate ya —entró en la cocina—. Sabes que soy pacífico.

—Claro. Lo que tú digas —se levantó y pasó junto a Zack—. Voy a charlar un rato con tus amigos, Wynn. Parecen unos tipos muy agradables.

Un segundo después se cerró la puerta mosquitera.

—Tipos agradables —repitió Zack—. A mí me parecen unos tíos posesivos y celosos.

—Protectores, no posesivos. Te he dicho que nunca he salido con ninguno de los tres.

—¿De verdad lo has dicho? No recuerdo esa conversación.

Ella se aclaró la voz.

—¿Ha pasado algo?

Él avanzó sin dejar de mirarla a los ojos.

—Nadie se ha pasado de la raya, pero tus matones me han aplicado el tercer grado.

—¡No me digas!

Se le encogió el corazón. ¿Cómo iba a causar una buena impresión en un hombre como Zack si Bo no dejaba de comportarse como un asno?

—Como oyes.

Ella se colocó detrás de la silla cuando él avanzó. No le tenía miedo, pero estaba de un humor extraño, como en tensión, como aceptando algo.

—Lo siento.

—Parece que piensan que tienes tus miras puestas en mí.

«Oh, Dios. Oh, santo cielo». Sabía que tenía la cara colorada como un tomate.

—Yo, esto, no muestro demasiado interés por el sexo opuesto.

Zack arqueó una ceja.

—¿Qué me estás diciendo? ¿Que los hombres no te interesan?

—¡No! Quiero decir que últimamente no muestro demasiado interés por el sexo en general.

Zack sonrió divertido.

Ella se mordió la lengua y aspiró hondo.

—Quería decir —afirmó— que no suelo ir detrás de un hombre. Tengo amigos pero ya está. Es todo lo que quiero —añadió para no parecer demasiado ridícula.

—Me alegra oírlo —le dijo en tono calmado.

Estaba ya tan cerca de ella, que su aliento lo rozó al hablar. Si se adelantaba un par de centímetros estaría besándolo. Claro que, no sabía cómo se lo tomaría Zack. Hasta el momento, la atracción mutua lo había fastidiado hasta el punto de que no había querido ni reconocerlo.

—Eso fue antes de conocerte a ti, Zack. Te deseo. No lo he ocultado en ningún momento. Pero debes entender que lo que pasó el otro día en el patio fue también una aberración para mí. No me arrepiento de ello, pero no puedo decir que me haya pasado nunca.

Él torció un poco la boca, y le dio la desagradable impresión de que no la creía.

Wynn perdió los estribos.

—Solo porque tenga amigos culturistas, y porque me dejara llevar la otra noche, no te da derecho a asumir que soy así con los demás hombres.

—Tampoco te da el derecho de ir husmeando en mi vida privada. Si querías saber de mi esposa, deberías habérmelo preguntado.

Alzó la cabeza y lo miró.

—¿Me habrías contado algo?

—No —le dijo sin rodeos—. Porque no es asunto tuyo.

Wynn alzó las manos.

—¿Lo ves? —suspiró y agachó la cabeza—. Supongo que todo esto es inútil, ¿no?

Zack se levantó.

—¿Qué quieres decir con eso?

—Quiere decir que estoy empezando a aceptar que no estás en absoluto interesado en mí —encogió los hombros—. Josh me contó toda la historia de tu esposa, y sé que te gustan más las mujeres menudas.

—Wynn —le dijo en tono de advertencia.

Ella extendió los brazos.

—Soy una chica grandota y torpe. No soy ni bonita ni menuda. A ti te gustan las mujeres pequeñas a las que puedas proteger, y yo no necesito protección. Ni siquiera soy más débil que tú.

Él se quedó pensativo.

—Esto, pues sí que lo eres, la verdad. Mucho más débil que yo.

Pero Wynn apenas lo escuchaba ya; estaba demasiado disgustada pensando que Zack nunca querría tener nada con ella. Empezó a pasearse por la cocina, por primera vez ajena a todo lo que la rodeaba.

—Lo siento. Supongo que he sido un engorro.

—Sí.

Entonces Zack se acercó y le agarró la cara con las dos manos.

—Eres un engorro, Wynn, y una pesadez y todo lo demás. ¿Pero sabes una cosa? Es una tontería decir que no me atraes.

Ella pestañeó y se sorprendió tanto, que estuvo a punto de perder el equilibrio.

—No estás ciega y de estúpida no tienes nada. Tienes que haberte dado cuenta de que te deseo.

—¿Es cierto?

—Sí.

La besó brevemente, pero fue suficiente para dejarla sin aliento.

—¿Ahora también, con toda esa gente ahí fuera? ¿Aunque no me haya echado encima de ti?

—¿Es eso lo que pensabas? —esbozó una sonrisa sensual que le aceleró el ritmo del corazón—. Solo porque me pillaras por sorpresa y me dejaras tumbado en el suelo no quiere decir que fuera la única razón por la que me comporté así la semana pasada.

Wynn asintió. Pero los pormenores del interludio de la semana anterior no tenían ya importancia. Lo importante era el presente, y lo que más deseaba era que volviera a besarla.

Pero él continuó mirándole los labios mientras le acariciaba las mejillas muy despacio con los pulgares de ambas manos.

—Wynn, me pillaste por sorpresa, cariño, pero de ninguna manera podrías superarme en una confrontación física.

—De acuerdo.

Él se echó a reír y sacudió la cabeza.

—Quieres tranquilizarme, ¿eh? —y la besó de nuevo—. ¿Eres maravillosa, lo sabes? Nunca he conocido a una mujer que deseara a un hombre pero que no dejara de insultar su masculinidad a cada momento —entonces le levantó la cabeza y le besó el cuello y detrás de la oreja—. Uno de estos días —le dijo mientras le mordisqueaba la oreja—. Te lo voy a demostrar.

—Sí.

No tenía ni idea de lo que quería demostrarle, pero fuera lo que fuera, estaba dispuesta a participar.

Esa vez su risa fue más fuerte. La miró y asintió.

—De acuerdo. ¿Qué debo hacer? Después de todo, solo soy un hombre, estoy hecho de carne y hueso —dijo con una sonrisa pícara.

—¿Y bien?

—¿Vas a estar en la hamaca esta noche?

Eso le llamó la atención a Wynn, que lo miró esperanzada y emocionada.

—Sí. Claro, por supuesto.

—Qué ansia —sonrió y le besó el labio inferior—. Sé que esto está mal, juro que lo sé. Pero, maldita sea, mujer, me estás volviendo loco.

Ella sonrió con expresión soñadora.

—Tú también me estás volviendo loca.

Intenté dejarte en paz para que te acostumbraras a mí...

—¡Ja! —Zack sonrió—. Eso me llevaría toda una vida.

A Wynn le gustó lo que dijo. Toda una vida con Zack. Cada día, cada minuto, se sentía más atraída hacia él, en un millón de maneras distintas.

Al ver su expresión, él sacudió la cabeza.

—Wynn, no te estoy prometiendo nada. Si nos juntamos esta noche, será solo para hacer el amor.

Sus esperanzas cayeron en picado. Se mordió el labio sin saber qué hacer. Por una parte, a ella nunca le había ido el sexo así. Pero por otra, nunca había deseado a un hombre como deseaba a Zack.

No sabía nada del futuro, pero tal vez averiguara algo esa noche. Una vez tomada la decisión, apenas podía esperar.

Capítulo Ocho

Zack fue a ver a Dani por última vez. Se inclinó para darle un beso, y Dani se movió un poco y estiró ligeramente.

—¿Papi?

Zack sintió un nudo en la garganta; solo lo llamaba así cuando estaba muy cansada o se había hecho daño. Se sentó en el borde de la cama y le acarició la mejilla.

—Sí, cariño, soy yo.

Entonces bostezó y le tomó la mano a su padre.

—Hoy lo hemos pasado muy bien.

—Sí, es cierto —dijo Zack sonriendo.

—Me gusta mucho Wynn.

—¿De verdad?

Ella asintió.

—Y a ti también.

Zack vaciló. Su hija nunca había hecho de casamentera, de modo que aquella afirmación en particular lo pilló por sorpresa.

—Me parece agradable —dijo finalmente.

—A mí más que eso. Es la más divertida del mundo.

—Sinvergüenza —Zack le hizo cosquillas—. ¿Más divertida que yo?

—Es la mujer más divertida —Dani bostezó otra vez—. Voy a quedarme con ella.

Lo había dicho medio adormilada, en voz baja, pero aun así la oyó.

—¿Dani? ¿Qué quieres decir con eso?

—Quiero que sea mía —le anunció su hija, medio adormilada—. Podría ser tu esposa y mi mamá.

Zack se quedó mirando a su hija. De no haber estado sentado en la cama, se habría caído al suelo. Dani ya había cerrado los ojos y tenía la cabeza apoyada sobre la palma de la mano.

Entonces sonrió complacida y dijo:

—Y podría tener un hermano —abrió un ojo—. Quiero un hermano, papá.

—Cariño...

—Un hermano como Conan.

¡Santo cielo!

—Yo os voy a ayudar a cambiarle los pañales.

—Sé que lo harías, cariño, pero el tener un hermano lleva mucho tiempo.

Cerró de nuevo los ojos.

—A Josh también le gusta Wynn.

Zack se quedó helado.

—¿Tú crees?

—Tal vez él quiera un hermano —frunció el ceño—. Esto, un hijo.

Zack había intentado hablar con Josh sobre su interés hacia Wynn, pero no había tenido oportunidad. Cuando los amigos de Wynn se habían largado, Josh se había ido también.

Se quedó allí, pensando en lo que Bo le había dicho. Wynn no salía con hombres, y muy raramente había mostrado verdadero interés por el sexo opuesto. Su reacción hacia él, dicho por aquellos que la conocían, había sido extrema.

Marc lo había avisado de que Wynn era una mujer poco común, que veía el mundo de una manera poco habitual.

¡Como si le hubiera hecho falta ese aviso! Ya se había dado cuenta él desde el principio.

Clint había añadido que era una mujer divertida, pero que odiaba perder. En cualquier cosa. Si lo deseaba, sería difícil disuadirla de esa idea.

Y todos habían coincidido en que quería a Zack.

Sonrió. El comportamiento de Wynn era resuelto, pero también alentador. Y una vez que se había dado cuenta de que la reacción era tan única para ella como para él, su resistencia había desaparecido.

Zack permaneció en silencio, pensando en lo que se había enterado ese día, y también en lo que sentía su hija, hasta que la oyó roncar ligeramente. Le dio un beso en la frente y se puso de pie. Por la ventana abierta de su dormitorio entraba una brisa suave.

Zack fue a la ventana y miró. Como había prometido, Wynn estaba en la hamaca, esperándolo. Al verla, se le pusieron los músculos tensos y una oleada de calor lo recorrió de arriba abajo.

Tenía muchas cosas que considerar. Pero de momento, tenía que hacerla suya.

Dejó a su hija en la habitación y cerró la puerta con suavidad. Se quitó los zapatos para no hacer ruido mientras cruzaba la casa hacia la puerta trasera. Mientras caminaba, empezó a desabotonarse la camisa dejando que la brisa mitigara el calor de su piel.

Lo que planeaba, lo que ambos planeaban, le pareció travieso y provocativo, y tan erótico que ya estaba excitado antes incluso de tocarla.

Estaba de espaldas a él, abrazándose a la cintura.

—Wynn —le dijo cuando llegó por fin a su lado.

Se volvió con tanta rapidez, que casi perdió el equilibrio.

—¡No te he oído llegar! —y añadió rápidamente—: Tenía miedo de que cambiaras de opinión.

Su sinceridad lo sacudió. Wynn exponía

su corazón sin reservas, y su confianza le pesó como una losa. Era una responsabilidad que no deseaba.

—Tuve que acostar a Dani.

Wynn miró hacia su casa.

—¿Estará bien allí sola?

—Dani duerme como un oso hibernando. Pero si se levantara, me buscaría en la bañera de hidromasaje. Si así fuera, veríamos la luz del patio.

Ella asintió.

—Muy bien.

—¿Estás nerviosa?

—Un poco —movió los pies y se acercó un poco más a él—. Nunca he tenido una cita sexual en mi vida.

Zack sonrió.

—Yo tampoco.

—¿No?

—No traigo a mujeres a casa por Dani. Esta es su casa y yo jamás haría eso. Mi horario de trabajo es ya bastante anormal y, cuando tengo un rato para estar con ella, no me gusta perderlo con mujeres.

—¿Entonces no has salido mucho desde que murió tu esposa?

—Más últimamente que antes —había estado buscando esposa, de modo que eso había sido necesario—. Aunque eso no signifique mucho.

—Sé que no te has quedado célibe.

Se echó a reír ante su incredulidad.

—¿Qué tienes Wynn, que me haces reír en los momentos más extraños?

Ella frunció el ceño.

—No ha sido mi intención divertirte. ¿Y qué tiene de extraño este momento?

Zack le rozó la mejilla, le deslizó los dedos por la garganta y por el hombro desnudo. Llevaba un vestido de algodón oscuro sin mangas, como una especie de camisa larga, y tenía la piel caliente y suave.

—Es extraño, porque estoy tan excitado que apenas puedo respirar.

—Zack —dijo mientras lo abrazaba—. ¿Cómo... cómo vamos a llevar todo esto? No solo no he tenido ninguna cita, sino que nunca he hecho el amor en una hamaca —levantó la cabeza, y su aliento le acarició la mejilla—. ¿Y tú?

—No, pero no importa —la besó de nuevo, primero en la sien y después en la nariz—. ¿Estás totalmente segura de esto, Wynn?

Vaciló un momento, lo suficiente para asustarlo.

—Muy segura.

—Gracias a Dios —la besó de nuevo saboreando su excitación, su urgencia, casi iguales a las suyas.

Tenía unos labios tiernos y carnosos que

se separaron para dejarse besar. Y besar a Wynn era... bueno, era desde luego emocionante. Pero era más que eso. Mientras la besaba, sintió su cabeza dando vueltas y unos calambres en los muslos. Le deslizó una mano por su delicioso trasero y la estrechó con fuerza contra su cuerpo; cuando ella empezó a restregarse contra su erección, empezó a gemir sin poderlo remediar. Al momento ambos estaban ya jadeando.

Wynn le retiró la camisa de los hombros, y él terminó de quitársela y la tiró al suelo. Wynn gimió de aprobación cuando le extendió ambas manos sobre el pecho y lo acarició mientras lo provocaba con sus manos y con los movimientos de su cuerpo.

Él la hizo retroceder hasta el árbol; cuando llegaron al tronco, la inmovilizó con sus caderas y se apretó contra ella. Comenzó a tocarle los pechos con entusiasmo mientras se besaban, lamían y exploraban ardientemente. Zack adivinó la rigidez de sus pezones y sintió la sacudida de su cuerpo cuando empezó a tocárselos. Pero no era suficiente. Le bajó los tirantes del vestido hasta los codos, y Wynn sacó los brazos de modo que el vestido se le quedó caído por la cintura.

Bajo la luz de la luna, sus senos desnudos parecían de mármol y los pezones oscuros y apetitosos. Zack se estremeció de deseo e inclinó la cabeza para succionarle un pezón con ardor.

—¡Zack!

—Calla…

Se lo lamió y atrapó entre los labios. Los sensuales sonidos que provocó en ella, gemidos de avidez, de verdadera satisfacción, desataron su deseo. Cuando le levantó el vestido, se dio cuenta de que no llevaba braguitas.

—Caramba…

Zack se vio en unos ojos que lo miraban llenos de sorpresa, mientras le acariciaba el trasero de piel sedosa. Cerró los ojos a la vez que la exploraba, mientras se regodeaba con las sensaciones que le producían sus caricias y la sensualidad del momento.

—Caramba, Wynn —repitió.

—Yo… —murmuró en tono jadeante—. Pensé que la ropa interior solo sería un obstáculo, y yo… no sabía si…

Zack se puso de rodillas y le levantó el vestido un poco más.

Asustada, Wynn intentó apartarse, pero él la sostuvo contra el árbol.

—¿Pero qué estás haciendo? —dijo en tono frenético mientras lo empujaba por los hombros.

—Está todo oscuro —Zack la miró y vio que estaba confundida—. ¿Ningún hombre te ha besado aquí?

Ella le pegó en el hombro.

—Zack —susurró y, para sorpresa de Zack, miró a su alrededor.

Él no pudo evitar echarse a reír.

—Es un poco tarde para preocuparse de los mirones, ¿no te parece?

Wynn seguía agarrándolo por los hombros, para que no se acercara a ella.

—¡No podemos hacer eso aquí fuera!

—¿Podemos hacer el amor pero no practicar el sexo oral?

Ella soltó una exclamación entrecortada, visiblemente escandalizada por sus palabras mientras paseaba la mirada por el patio desierto.

A Zack le encantó. Por una vez, llevaba él las riendas y no pensaba soltarlas. Sobre todo porque ansiaba saborearla, oírla gemir cuando alcanzara el clímax.

—Te va a gustar, Wynn —la provocó—. Y a mí también.

—No sé…

Le agarró el vestido con fuerza por detrás mientras maldecía las inoportunas nubes que oscurecían la luz de la luna. Quería verla por entero, no solo a medias. Y sobre todo, deseaba ver cada suave y rosado centímetro de su sexo, la hendidura de su ombligo.

Gimió. Lo que ya veía le pareció espectacular. Tenía los muslos prietos, de piel tersa, y en ese momento apretados el uno contra el otro mientras se los acariciaba. Le miró los pechos, grandes como el resto de su cuerpo, turgentes y blancos.

No veía bien el color del vello que se rizaba entre sus piernas, pero supuso que sería del mismo color que sus cejas. Deslizó los dedos entre su vello y la oyó gemir de placer. Se inclinó y pegó la mejilla a su vientre mientras la tocaba.

Su vientre... Bueno, siempre le habían gustado los vientres de las mujeres. Para Zack era la personificación de la femineidad: suaves, lisos y levemente redondeados. Wynn tenía un vientre extremadamente sensual. Sintió su estremecimiento, se volvió, la besó y le lamió el ombligo, mientras no dejaba de juguetear con los dedos. Solo la estaba rozando, pero eso la excitaba tanto que pensó que iba a explotar allí mismo.

—Zack, no sé si me gusta esto...

—Te gustará —le aseguró en tono ronco. Deslizó los dedos un poco más abajo y poco a poco fue metiéndoselos entre los muslos apretados. Sus nalgas le presionaban la mano que sujetaba su vestido, y Zack la empujó un poco hacia delante.

Siguió tocándola un poco más. Wynn tenía sus zonas más íntimas hinchadas, calientes y mojadas. Empezó a tocarla suavemente, deslizándole el dedo de delante atrás hasta que ella se puso aún más mojada. Llegado ese punto, Zack le introdujo un dedo hasta el fondo.

Wynn apretó las rodillas y emitió un gemido cargado de placer.

—Esto... no es lo que yo esperaba —susurró.

—Abre las piernas, Wynn.

Ella echó la cabeza hacia atrás.

—Me excita mucho... que me digas eso —lo miró—. Muchísimo.

Zack la miró.

—¿Ábrete, Wynn?

Wynn suspiró largamente y entonces separó las piernas. Zack estuvo a punto de perder el control cuando vio que lo hacía solo para él.

—¿Qué vas a hacer? —preguntó, tan excitada como lo estaba él.

—Esto —le dijo mientras deslizó el dedo un poco más, para al momento sacarlo; sus músculos lo apretaron con fuerza, y Zack le introdujo un segundo dedo—. Estás muy prieta, Wynn.

Ella alzó los brazos y se agarró a una rama que había sobre su cabeza; entonces abrió las piernas un poco más.

—¿Esperabas otra cosa de una chica grande como yo?

—Nunca sé qué esperar de ti —Zack aspiró el aroma de su piel—. Hueles de maravilla.

Wynn protestó un poco cuando él retiró los dedos, y empezó a acariciarla de nuevo hasta que le extendió aquella miel caliente sobre el clítoris.

Ella gimió mientras se estremecía de pies a cabeza. Él continuó acariciándola, por todas partes, provocándola cada vez más, empujándola al límite. Wynn adelantó las caderas; todo su cuerpo estaba en tensión, y Zack percibió el olor a hembra excitada, fresco y penetrante.

Había pasado tanto tiempo. Demasiado tiempo. Se inclinó hacia delante, la abrió un poco más con los dedos y le acercó la boca para empezar a saborearla con avidez y satisfacción. El contacto fue tan sorprendente, tan intenso, que intentó apartarse, pero él la sujetó contra el árbol mientras saciaba su sed.

Wynn se dio por vencida y abrió aún más las piernas, dándole mejor acceso. Zack no desaprovechó la oportunidad y se afanó en lamerle y chuparle la carne dulce y caliente. Ella lo agarró del cabello y le apretó la cara contra su cuerpo.

A Zack el corazón le latía con fuerza en el pecho, y el miembro se le apretaba contra la cremallera de los pantalones vaqueros. No pudiendo esperar ni un segundo más, se puso de pie y le dio la vuelta.

—Agárrate al árbol.

Sin aliento, Wynn lo miró por encima del hombro.

—¿Qué...?

Zack se abrió la cremallera y se puso el condón en pocos segundos. Se acercó a ella, le deslizó los dedos para abrirla un poco y la mordisqueó en el hombro mientras la tomaba sin tregua.

Wynn colocó las palmas extendidas sobre el tronco del árbol gimiendo al mismo tiempo que él. Zack empezó a acariciarla por todas partes. Le manoseó los pechos, le tocó los pezones, le acarició el vientre y continuó más abajo, jugueteando con los dedos hasta que ella gritó, se relajó y él pudo penetrarla hasta el fondo.

—Oh, sí... —gimió Zack, porque finalmente estaba donde quería estar desde casi el primer momento que la había visto—. Echa para atrás las caderas, Wynn. Apriétate contra mí, cariño. Eso es, eso es.

La agarró de las caderas y la ayudó. Cuando ella consiguió igualar el mismo ritmo frenético, él volvió a acariciarla entre las piernas con una mano, mientras que con la otra le tocaba los pechos.

Tenía la espalda empapada en sudor, a pesar de que no era aquella una noche calurosa. Cerró los ojos con fuerza y se concentró para no perder aún el control. Deseaba que Wynn volviera a alcanzar el clímax con él. Entonces le pegó la cara al hombro mientras todos los músculos de su cuerpo temblaban de la tensión; de repente ella se quedó inmóvil.

—Sí, Wynn —la urgió sabiendo que no duraría mucho.

Agachó la cabeza entre los brazos rígidos que la sostenían contra el árbol y emitió un grito ronco y sensual que fue lo que finalmente la hizo perder el control.

Se estremeció al tiempo que alcanzaba el clímax, mientras le clavaba el miembro con fuerza, mientras Wynn bamboleaba las caderas sinuosamente al compás de él y gemía descontroladamente.

Una mujer grande era mucho mejor, mucho mejor.

Se derrumbó sobre ella, lo cual la obligó a hacer lo mismo contra el árbol. Momentos después, ella se volvió un poco.

—¿Zack?

—Mmm.

Zack no quería moverse de allí. Nunca.

—Este árbol no es demasiado cómodo —dijo Wynn—. ¿Y si nos vamos a la hamaca?

Las piernas le temblaban aún, y el corazón

no había retomado su ritmo normal. Además, le zumbaban un poco los oídos.

—Sí, claro. No pasa nada.

Empeñado en no derrumbarse, se puso derecho muy lentamente.

Se quitó el condón y lo tiró en la hierba, de donde pensó retirarlo después, y entonces se subió los pantalones otra vez.

Todo eso le costó más esfuerzo del que podía hacer, y a punto estuvo de caerse al suelo. Miró la hamaca, que no estaba demasiado lejos, teniendo en cuenta que ellos estaban apoyados contra uno de los árboles que la sujetaba. Le echó el brazo a Wynn y cayeron sobre la lona. Ella se echó a reír cuando la hamaca empezó a balancearse con fuerza de lado a lado, y se acurrucó hasta que estuvo casi encima de él.

—Me ha gustado mucho lo que me has hecho —le dijo en la voz más delicada y femenina que le había oído.

Zack cerró los ojos y sonrió.

—Te lo dije.

—¿A ti te gusta?

Abrió un ojo y vio que Wynn parecía dudosa.

—Mi única queja es que de nuevo me empujaste a perder el control.

—¡No es cierto!

—Quería pasar más tiempo saboreándote

—sonrió—. Me gusta tu sabor —ella frotó la cara contra su pecho y él, como se sentía tan completo, tan saciado, se sinceró—. Al menos esta noche podré dormir bien.

—¿Quieres decir que últimamente no has dormido bien?

Le plantó ambas manos en el trasero y la abrazó.

—No. He estado tan inquieto como un adolescente en celo.

Eso la hizo reír, pero rápidamente se puso seria.

—Mis padres vienen mañana.

Zack bostezó.

—Sí, es cierto.

Ella lo miró con timidez mientras jugueteaba con el vello de su pecho.

—Esperaba poder repetir esto.

Zack se dio cuenta de lo que decía y se quedó quieto. ¡Maldición, una sola noche no era suficiente para saciarse de ella! Había estado demasiado excitado y había terminado muy rápido. No se había deleitado con ella, no la había explorado como había planeado, como pensaba hacer en cuanto tuvieran ocasión. Una semana, tal vez dos, le quitarían de encima el nerviosismo. Pero no una sola noche.

—¿Debo asumir por tu expresión ceñuda que quieres hacerlo otra vez?

Zack levantó la cabeza lo suficiente para darse un festín dándole un beso mojado, lento y devorador. Cuando se apartó de ella, los dos estaban jadeando otra vez.

—Sí —dijo—. Debes asumirlo.

Wynn apoyó la cabeza en su hombro. Tenía una pierna doblada sobre el cuerpo de Zack y la otra estirada hasta el extremo de la hamaca. Él tenía una pierna junto a la de ella y el otro pie apoyado en el suelo para balancearlos.

—¿Tus padres son muy protectores?

Ella resopló.

—No.

No le gustó la rapidez con que ella le había respondido. Los padres debían ser protectores, especialmente con una hija que vivía sola.

—Tengo planes para mañana y el martes, pero el miércoles por la noche llegaré a casa sobre las ocho. Hacia las nueve y media, Dani puede estar dormida —dijo mientras ideaba un sinfín de posibilidades eróticas—. ¿Podrías venir a verme, digamos, para utilizar la bañera de hidromasaje, y que ellos no vengan detrás de ti a ver lo que haces?

Aunque Wynn no se movió, los latidos de su corazón la delataron.

—Digamos mejor a las diez. Mis padres estarán ya en la cama a esa hora.

—Estaré pendiente, porque ya será de noche.

Con la postura de Wynn, Zack empezó a acariciarla de nuevo entre las piernas, donde inmediatamente sintió calor.

—¿Has hecho el amor en una bañera de hidromasaje alguna vez?

—No —lo miró con una mezcla de excitación y sospecha—. ¿Y tú?

Zack pensó que tal vez estuviera algo celosa y, cosa rara, le gustó.

—No —le dijo—. Pero tampoco lo he hecho contra un árbol, ni en una hamaca.

Le acarició los labios tiernos, aún hinchados, aún mojados de hacer el amor, y entonces le deslizó un dedo dentro.

Ella jadeó.

—Yo tampoco.

Como estaba prácticamente a horcajadas sobre él, Zack dio impulso para que la hamaca se moviera. Ella se agarró a sus hombros para no caerse. Zack le miró los pechos desnudos y eso fue suficiente para ponerse en tensión de nuevo.

—Tengo otro condón en el bolsillo.

—Qué hombre tan preparado.

Zack se echó a reír, pero cuando ella se abrazó a él y empezaron a besarse de nuevo, solo pudo pensar en hacerle el amor. El miércoles parecía muy lejos, así que tendría que hacer que aquello durara.

—¿Wynn?

—¿Mmm? —continuó besándole la boca, la mejilla.

—Súbete un poco.

Ella se quedó mirándolo.

—¿Por qué?

—Porque quiero besarte los pechos. Y después el vientre; tienes un vientre adorable, por cierto. Y después, tal vez quiera mordisquearte un poco ese trasero tuyo tan apetitoso.

Ella tragó saliva con dificultad.

—¿Vas a… hacerme eso otra vez?

Él asintió despacio.

—Desde luego. Cuenta con ello.

Wynn se quedó inmóvil un momento, aguantó la respiración y entonces lo atacó con excitación apenas contenida. Para Zack, resultaba muy extraño sentir risa y deseo al mismo tiempo. Extraño, pero también adictivo.

Eran más de las doce de la noche cuando finalmente arrastró su cuerpo gastado y satisfecho hasta su casa. Y como sospechaba, nada más meterse en la cama se quedó dormido con una sonrisa estúpida en los labios.

Capítulo Nueve

—¡Cariño!

Wynn se pegó tal susto al oír aquella voz tan chillona, que perdió el equilibrio y se precipitó al vacío desde la escalera de mano en la que estaba subida. Intentó agarrarse al tejado, pero fue demasiado tarde. A los pocos segundos, aterrizaba sobre unos arbustos con un golpe sonoro. La escalera de madera le cayó encima.

—¡Oh, Dios mío! ¡Wynn! ¡Wynn! —vio un destello de seda roja al tiempo que su padre se arrodillaba delante de ella—. ¡Mi niña! ¿Estás bien?

La cabeza le daba vueltas y sintió un dolor en el costado. Tenía la boca llena de hojas y algo punzante se le clavaba en la cadera. Su padre empezó a retirarle cosas del pelo, pero en ese momento llegó su madre y lo empujó a un lado.

—¡Dios mío, casi la matas, Artemus! —su madre, que vestía unos vaqueros descoloridos cortados por la rodilla y una camiseta larga teñida con nudos, se inclinó sobre ella—. Menos mal que estamos aquí, Wynonna; casi te matas, hija.

Wynn se quedó mirándolos. Si su padre

no la hubiera asustado, no se habría caído. Claro que, ni siquiera había oído acercarse el coche. Por supuesto, había estado pensando en Zack y en el alucinante episodio que había tenido lugar la noche anterior.

La madre miró a su marido.

—¡Artemus, mírala! Creo que se ha hecho daño en la cabeza.

—¿Eh, princesa? ¿Nena, puedes oírnos?

De pronto, Artemus sintió que alguien que no era su esposa lo apartaba a un lado con determinación. Zack, vestido sólo con unos vaqueros que aún no había terminado de abrocharse, se agachó delante de ella.

—¿Wynn? —le dijo en tono suave y atribulado mientras le acariciaba la mejilla—. No te muevas, cielo. Estate quieta hasta que me asegure de que estás bien.

«¿Cielo?» Wynn miró a sus padres y vio que miraban a Zack con especulación. Oh, Dios mío.

—¿Esto... qué haces aquí?

Era muy temprano, ni siquiera las siete de la mañana, y Zack había estado preparándose para irse a trabajar.

—Estaba haciéndome el café cuando te he visto subirte a esa escalera. Cuando me estaba vistiendo vi cómo te caías.

—Mi padre me asustó.

—¡Vaya! —Artemus exclamó en tono

155

ofendido—. Si no tuvieras el pelo metido en los ojos, me habrías visto llegar.

Zack se volvió a decirle algo, pero se quedó mudo. Aquel día el padre de Wynn estaba totalmente en forma. Vestía una camisa de seda roja, desabotonada por arriba, de modo que enseñaba una buena mata de vello rizado y algo canoso; unos vaqueros azul marino de diseño que le sentaban como una segunda piel, y unos zapatos abotinados que relucían como espejos. En las manos llevaba dos anillos y el enorme solitario de diamante que casi nunca se quitaba, y una cadena de oro al cuello. Tenía el cabello castaño dorado, muy distinto al de Wynn, peinado con raya en el medio y casi por los hombros.

Zack cerró la boca y se volvió hacia Wynn sin mediar palabra.

—¿Dónde te duele?

—En ningún sitio. Estoy bien —pero cuando fue a incorporarse, hizo una mueca de dolor y Zack la agarró de los hombros—. No, deja que te examine.

—¿Papi?

Dani estaba allí, todavía en camisón y con su manta de felpa amarilla en la mano. Wynn le sonrió.

—Estoy bien, diablillo.

—Te has caído en los arbustos.

—Menos mal.

Dani sonrió.

—Te vi en el tejado. Yo también quería subir.

Zack se volvió tan bruscamente, que todos se asustaron.

—Dani, si te pillo pensando siquiera en hacer algo así, te quedarás un mes entero sin salir de tu cuarto —Zack resopló y entonces se volvió hacia Wynn; parecía furioso—. Wynn te va a decir que lo que ha hecho es una estupidez, ¿verdad, Wynn? —le dijo en tono de advertencia.

Todos la miraron. Sus padres esperando sin duda que lo hiciera pedazos. Nunca jamás dejaba que nadie le hablara así. Pero Dani estaba allí, esperando, y solo de pensar que pudiera subirse al tejado le puso la piel de gallina.

—Debería haber esperado hasta que hubiera alguien abajo para agarrarme la escalera, Dani. A veces hago cosas sin pensar. Es una mala costumbre.

Su madre soltó un gemido entrecortado y su padre fingió tambalearse. Zack asintió en señal de agradecimiento.

—Papá, mamá, este es mi vecino, Zack Grange, y su hija Dani —dijo Wynn, más aliviada—. Zack es enfermero de urgencias.

—Ah, eso lo explica todo —dijo su padre con humor.

Wynn hizo una mueca mientras Zack le presionaba ligeramente el costado.

—Zack, te presento a mi madre, Chastity, y a mi padre, Artemus.

—Me gusta mucho Wynn —dijo Dani.

Zack no prestó atención a las presentaciones.

—Deja que te suba un momento la camisa para ver lo que te has hecho —Zack no esperó y le levantó la camisa; Wynn tenía un arañazo muy grande desde la base de las costillas hasta casi el pecho—. Esto hay que limpiarlo.

—Yo me lo curaré en cuanto me levante —dijo Wynn, que se apoyó en la pared de la casa para incorporarse; pero cuando intentó hacer un esfuerzo, estuvo a punto de caerse.

—¿Qué te duele? ¿La pierna?

—No —gimoteó con los ojos cerrados—. Es el dedo meñique del pie.

—¿El dedo meñique? —preguntó su padre.

Estaba apoyada sobre la pierna izquierda, de modo que Zack asumió que se habría hecho daño en el otro pie.

—Voy a levantarte —le dijo—. Dime si te hago daño.

—¡Zack! No puedes conmigo.

—Pesa más que yo —dijo su padre.

—¡De eso nada!

Al momento siguiente, Zack la levantó.

No le temblaban los brazos y tenía las piernas firmes.

De pronto, Wynn se dio cuenta de que hacía años que nadie la levantaba en brazos. Hasta Conan decía que era muy grande.

Y por tonto que pareciera, le gustó. Ella le echó los brazos al cuello, pero le pidió que la bajara.

—Dani, ven conmigo a casa de Wynn. Te vestiremos en un momento —dijo Zack, que ni siquiera estaba fatigado.

Wynn miró a sus padres, que contemplaban la escena con asombro.

—Vamos, Dani —le dijo su padre—. Ábreme la puerta. Creo que los padres de Wynn están algo asombrados.

—Están confundido porque de pronto llega un vecino, empieza a toquetearme y después me levanta en brazos con una confianza que no me han visto exhibir con ningún hombre.

—No te estaba «toqueteando», sino examinando. Hay una gran diferencia.

—Sí, bueno, pero por las caras que han puesto, parece que para ellos es lo mismo.

Zack se detuvo un momento. El aliento le olía a pasta de dientes.

—Te estaba mirando por la ventana. Si quieres que te diga la verdad, cuando te he visto caer se me ha parado el corazón.

El tono sensual y afectuoso de Zack la hizo sentir algo extraño por dentro.

—Lo siento —contestó en el mismo tono que él—. No oí llegar a mis padres.

—Estaba soñando despierta —dijo Dani mientras abría la puerta con impaciencia.

—¿Es eso cierto? —Zack entró por la cocina y fue hacia el salón—. ¿Estabas soñando, Wynn? ¿Me pregunto con qué?

—Como si no lo supieras —le dijo al oído, y él sonrió con satisfacción.

En el salón, Zack la dejó con cuidado en el sofá y le desabrochó los cordones del zapato con cuidado.

—Déjalo. Seguro que tengo el pie sudado. Llevo trabajando desde las cinco de la mañana.

—¿Descansas alguna vez? —Zack le apartó las manos y le quitó el calcetín—. Sudado —confirmó mientras lo dejaba a un lado y empezaba a examinarle el dedo.

El dedo pequeño estaba ya morado y la hinchazón le subía por el empeine.

—Maldita sea, Wynn. Te lo has roto. Necesitas ponerte hielo y después vendarlo. ¿Puede verte el médico hoy mismo?

—¿Para el dedo meñique? —lo miró con incredulidad—. No seas ridículo.

Wynn dudaba mucho que pudiera ir al médico, según le dolía el pie.

Se abrió la puerta de la cocina y sus padres se acercaron al sofá. Inmediatamente, Zack los miró.

—Necesito irme a trabajar —les dijo—. Wynn tiene un dedo roto, tal vez el pie, y necesita que le hagan unas radiografías. También tiene muchos arañazos que le deberían curar.

Chastity miró a Zack de arriba abajo.

—Bueno, usted váyase, joven. Ahora estamos aquí; nos ocuparemos bien de ella.

—¡Eres hippie! —dijo Dani con asombro.

—¡Dani! —la reprendió Zack.

Pero Chastity se echó a reír.

—¿Te ha dicho eso mi hija?

Dani asintió.

—Y que llevas anillos en los dedos de los pies.

—Solo dos, pero están hechos de un metal especial que tiene poderes curativos. A lo mejor le pongo uno a Wynn para que se le cure el dedo.

—¡No! —exclamó Zack—. Nada de anillos. Necesita una radiografía —añadió despacio pero en tono firme.

Al ver su expresión seria, Wynn cedió.

—Bueno, vale.

—Por la tarde vendré a ver cómo estás. Mientras tanto, señora Lane, ¿por qué no va por un poco de hielo para la hinchazón?

Y usted, señor Lane, ¿podría traerle el teléfono a Wynn para que pueda llamar a su médico?

Sus padres parecían contentos de ser útiles. Artemus fue a por el teléfono y Chastity corrió a la cocina.

Nada más salir del salón, Zack se inclinó sobre ella.

—Siento no tener más tiempo. Si no me voy, llegaré tarde.

—Lo entiendo. De verdad, estoy bien. Cuando llegues esta noche, mi pie grande y yo estaremos bien descansados.

Él le rozó la mejilla.

—Pies grandes para una mujer grande y bella.

Wynn sonrió y sintió como si se le licuara el cerebro.

—Te veré luego.

—Pensé que tenías planes.

—Y los tengo —dijo sin más explicación.

Wynn quería preguntarle cuáles eran, pero tenía miedo de que fuera a salir con otra mujer.

Dani le dio un beso en la mejilla.

—Luego vengo a verte. Te voy a hacer un dibujo.

En ese momento, Chastity entró con un cuenco lleno de hielo y varios trapos de cocina en la mano.

—¿Eres tú la que ha hecho ese dibujo tan artístico que hay en la puerta del frigorífico? —le preguntó la madre a Dani mientras se sentaba descuidadamente en el sofá.

—Sí, ha sido ella. ¿Verdad que tiene talento?

—Mucho —dijo Chastity mientras envolvía unos trozos de hielo en un paño—. ¿Has probado alguna vez las pinturas de dedos?

Tanto Wynn como Zack hicieron una mueca.

—Mamá, con eso se pone todo perdido.

—¿Y qué? —hizo un gesto con la mano como quitándole importancia—. Tú y tus manías de limpieza. ¡Dani es una niña! No es bueno agobiar su espíritu creativo solo porque vaya a mancharse un poco las uñas.

Con mucho cuidado, Chastity le puso el paño con hielo sobre el pie.

—Me traje mis pinturas de dedos conmigo, Dani. Te encantarán, ya lo verás.

—Gracias —contestó Dani.

En ese momento, entró Artemus con el teléfono en la mano.

—Aquí lo tengo —se lo pasó a Wynn junto con una pequeña agenda; entonces se volvió hacia Dani y le acarició la cabeza—. Una trenza preciosa —dijo antes de mirar a su hija—. ¿No quieres que te arregle un poco el pelo mientras haces la llamada?

—No —dijo Wynn inmediatamente, y su padre fingió ponerse serio.

Zack tomó a Dani en brazos.

—Tenemos que irnos corriendo. Wynn, recuerda lo que te he dicho.

Cinco segundos más tarde, Zack se marchó. Wynn se recostó en el sofá. Le latía el pie, le dolían las costillas, le escocían los arañazos que tenía por todo el cuerpo.

En ese momento, sus padres la miraban con expectación.

Dudaba que Zack se hubiera dado cuenta aún, pero después de todo lo que acababan de presenciar, no se tragarían una simple visita a la bañera de hidromasaje. No. Eran excéntricos, pero no tenían un pelo de tontos.

Y reconocían la química sexual cuando la tenían delante.

Su madre, fingiendo de pronto mucho interés en su dedo hinchado, dijo:

—Caramba, caramba. Qué bombón —miró a Wynn de soslayo con una sonrisa de complicidad.

—Muy viril —comentó el padre mientras se tiraba del pendiente distraídamente y le miraba las piernas a Chastity; a pesar de llevar muchos años de matrimonio, Artemus seguía sintiendo una atracción especial por su esposa—. Esto, me imagino que está soltero.

Wynn se arrellanó en el asiento.

164

—Sí.

Reinó el silencio durante unos momentos, y entonces su padre se agarró las manos y suspiró.

—Bueno, la niña tiene un pelo maravilloso. O al menos lo tendrá cuando yo me ocupe de él. En general, yo diría que serían una maravillosa ampliación para la familia. ¿Qué te parece, Chastity?

Su esposa sonrió.

—Creo que hemos llegado justo a tiempo para ver las chispas de la pasión.

En cuanto salió del coche, Zack oyó el ruido que provenía de la casa de Wynn. La música a todo volumen se mezclaba con las risas y las voces.

Eran las seis y media de la tarde, y estaba cansado, hambriento, preocupado y estresado. Parecía que se había retrasado desde el momento en que se había levantado de la cama, y desde entonces no se había recuperado.

Primero se había dormido. Después de los excesos de la noche anterior y de dormir tan bien, el despertador había pasado media hora sonando hasta que Zack lo había oído. Cuando se había recuperado de eso, se había ido a preparar café antes de afeitarse. Mientras añadía el café a la máquina, había mirado por la ventana de la cocina y había visto a Wynn subida con precariedad a aquella vieja escalera de madera intentando limpiar las cañerías. Inmediatamente había subido a ponerse los pantalones y a despertar a Dani, para salir y hablar con Wynn antes de que se cayera.

Pero había sido demasiado tarde.

Se estremeció solo de pensar en el momento en que había abierto la puerta y había visto a Wynn cayéndose desde aquella altura. ¡Qué suerte que solo se hubiera roto un dedo del pie!

Entonces pensó en sus padres y en la descripción que Wynn le había dado el primer día. Ahora ya sabía que había sido la adecuada. Nunca había conocido a un hombre tan extravagante y teatral; cada palabra suya, cada gesto, eran exagerados.

Wynn era, como había dicho ella misma, una hippie. Tenía el cabello largo y rubio con mechones canos, pero su figura seguía siendo joven. Seguramente Wynn había heredado las preciosas piernas de su madre. Chastity no era tan esbelta como Wynn, pero en general era una mujer atractiva. Extraña, pero atractiva.

Después de salir de casa de Wynn, había vuelto a la suya para terminar de prepararse y marcharse a trabajar. Había salido de la

casa justo a la hora de siempre. Desgraciadamente, cuando había llegado a casa de
Eloise para dejar a Dani, la había encontrado muy enferma. Eloise se había empeñado
en que solo era gripe, pero Zack había insistido en llevarla al hospital. Había llamado a
su supervisor y explicado por qué llegaría
tarde. Mientras la mujer había preparado algunas cosas por si tenía que quedarse en ob-
servación, Zack había llamado a Josh, que
ese día tenía libre.

Una mujer le había contestado al teléfono.
Zack pensó en colgar y llamar a otro amigo,
pero Josh se había puesto y, al enterarse de
lo que pasaba, había quedado en ir a buscar
a Dani al hospital.

De camino al hospital, Zack había locali-
zado a la nieta de Eloise, que había quedado
en encontrarse con ellos allí por si su abuela
tenía que ser internada.

Cuando por fin había llegado al trabajo,
habían pasado casi dos horas. Las mujeres
que trabajaban con él le tomaron el pelo
porque iba sin afeitar y por su expresión
atribulada.

Y había pensado en Wynn durante todo el
día.

Ella le invadía el pensamiento, hostigán-
dole el ánimo y calentándole el cuerpo. En
un momento, estaba preocupado por ella y

por lo que le había pasado, y al siguiente solo pensaba en hacerle el amor otra vez.

En ese momento miró hacia su casa, en cuyo camino de entrada había unos cuantos coches aparcados.

Una fiesta. Estaba celebrando una fiesta. Le había prometido que se lo tomaría con calma, que subiría el pie en alto y que descansaría. En lugar de eso, organizaba una fiesta.

Zack apretó los dientes y avanzó hacia la rampa de su cocina. Bien. Que hiciera lo que quisiese. Se limitaría a no hacerle caso a ella y a sus irresponsables modales. Además, cuanto menos se preocupara por ella o pensara en ella, mejor.

Lo que quería era poseerla una y otra vez, de muchas maneras distintas. Deseaba besarla por todo el cuerpo, empezando por los dedos de los pies, subiéndole por las piernas hasta llegar a su delicioso...

—Oh, maldita sea —Zack abrió su puerta—. Ya estoy en casa —canturreó.

Cuando nadie le contestó, se dio cuenta de que en el camino de su casa no había visto el coche de Josh. Se quedó de pie en medio del salón, cansado y dolorido, pensando qué hacer.

Irritado y de mal humor, fue a la cocina para asomarse por la ventana. Allí, en el patio de Wynn, había al menos una docena de personas, incluidos Josh y Dani. De un altavoz en el patio salía música a todo volumen y también habían montado una red para jugar al bádminton. Una mujer que no conocía jugaba de pareja con Conan contra Marc y Clint, mientras Bo estaba apoyado contra un árbol y animaba a los jugadores.

En el patio, Chastity cantaba mientras daba vueltas a un pincho que se tostaba en la barbacoa. Artemus, vestido en ese momento de negro, bailaba con Dani. Su hija parecía llevar una de las camisetas con teñido de nudos de Chastity, que le llegaba casi hasta los pies.

Zack miró a su alrededor y finalmente localizó a Wynn. Estaba sentada en el sofá del patio con Josh. Al ver que tenía el pie apoyado en el regazo de este, a Zack se le encogió el estómago.

En pocos segundos cruzó el césped con la vista fija en Wynn, que aún no se había dado cuenta de nada. Ese día iba vestida con una camisola color melocotón, muy parecido al tono de su piel, y unos pantalones blancos de pinzas que dejaban al descubierto sus piernas largas y sensuales.

Zack sintió una angustia en la garganta. Cuando llegara le iba a...

Conan se acercó a saludarlo.

—Eh, Zack, ¿adónde vas? —se aproximó a él un poco más—. El caso es que —le susurró— pareces muy enfadado, y mi hermana lleva todo el día bastante disgustada.

—Sí —dijo Zack, que no había dejado de observar a Wynn mientras ella sonreía y se reía con Josh—. Parece muy disgustada.

Conan pestañeó y entonces se echó a reír.

—Los celos son un engorro, ¿verdad?

Zack le echó una mirada de advertencia y el hermano de Wynn retrocedió un poco.

—De acuerdo —dijo ahogando una sonrisa y levantando las manos para calmarlo—. Lo retiro. No estás celoso.

Zack entrecerró los ojos.

—¿Y por qué iba a estar celoso?

—¡Por nada! Por nada en absoluto. Quiero decir, lo creas o no, Wynn está pasándolo mal; le duele todo y... ¡Eh, espera un momento!

¿Wynn estaba sufriendo? No podía soportarlo.

Zack respiró hondo para intentar calmar su nerviosismo. Normalmente no se ponía así, y sabía que la causante de su estado de ánimo era Wynn y solo Wynn. Siempre sacaba lo peor de él. Claro que, también lo excitaba más que ninguna mujer que había conocido en su vida.

—Lo siento. De verdad que sí —le dijo

170

Conan en tono afable—. Mis padres le dieron esta fiesta sorpresa para ver si se animaba un poco, pero se ve que no se siente bien. Quiero decir, se ha roto el dedo por dos sitios. ¿Qué te parece? Tiene los pies más grandes que la mayoría, pero sigue siendo el dedo meñique.

Zack cerró los ojos y contó hasta diez; para colmo de males, Conan siguió hablando en aquel tono ligeramente socarrón.

—Tu amigo ha estado ahuyentando a todos de su lado, incluidos mis padres. Le puso el pie a Wynn sobre sus rodillas cuando ya le habían dado tres veces sin querer. Tenías que haberla oído gritar.

—Maldita sea.

Conan se frotó el cuello, miró hacia el sol que se ocultaba y después hacia sus compañeros de juego que lo esperaban para continuar. Entonces se volvió hacia Zack.

—La intención de mis padres es buena. Solo que Wynn casi nunca se queja y jamás reconoce que se ha hecho daño, por eso no se dan cuenta de…

—¡Papá! —su hija corrió como una loca hacia él, interrumpiendo la explicación de Conan.

Zack entendía la situación, pero no le gustaba que Wynn tuviera que comportarse como si fuera un hombre. A pesar de ser fuerte, seguía siendo una mujer. Y maldición, él quería protegerla.

Dani se lanzó a sus brazos y Zack notó que su hija llevaba puestas unas sandalias en lugar de zapatillas de deporte. En el dedo gordo del pie llevaba un anillo de plata.

Zack la levantó y la abrazó.

—Caramba, Dani, llevas un vestido puesto —se burló.

Ella se echó a reír, le agarró la cara y le dio un beso muy ruidoso.

—No es un vestido. Es de Chastity. Me la ha dejado para pintar con los dedos. ¿No es bonita?

—Sí, es muy bonita. Sobre todo, a ti te queda muy bonita.

—Conan dijo que era una niña flor.

—Pero más guapa —le aclaró Conan.

Zack la abrazó otra vez y echó a andar hacia Wynn. Al momento se detuvo, se volvió hacia Conan y dijo:

—Gracias.

Conan fingió alivio.

—Sí, cuando quieras. Quiero decir, es una pesada, pero sigo queriendo a mi hermana —bajó la voz, que adoptó cierto tono de advertencia—. Y no me gustaría que nadie le diera un disgusto. O le hiciera daño —miró a Zack para asegurarse de que este había entendido el significado de sus palabras.

Zack asintió, lo cual era lo mejor que podía ofrecer de momento.

—Entonces, ¿te lo has pasado bien hoy? —le preguntó a su hija.

—¡Mejor que nunca, papá! Artemus me está enseñando a bailar y mira lo que me ha hecho en el pelo —dijo volviendo la cabeza de un lado a otro.

Le había hecho una trenza que después había enrollado en un moño con un montón de pequeñas cuentas de cristal multicolores en forma de flor insertadas en él. Dos tirabuzones le colgaban delante de las orejas.

—Necesito tu permiso para cortarle las puntas —le dijo a Zack antes de que este pudiera saludarlo—. Tiene un pelo maravilloso, sencillamente maravilloso. Pero Dios sabe el tiempo que hace que no se lo han arreglado. Está pidiendo a gritos un buen arreglo.

Zack miró a Dani, que lo miraba con esperanza.

—¿Quieres que te arreglen el pelo?

Ella asintió.

—Entonces te doy mi permiso.

Artemus palmoteó muy contento. En ese momento, Chastity se volvió hacia Zack.

—¿Hamburguesa o perrito caliente?

Zack miró a aquella fascinante mujer que había dado a luz a Wynn.

—¿Los hippies comen carne?

—Cariño, cuando tienen mi edad, hacen lo que les da la gana.

Artemus se acercó y le dio un beso en la oreja.

—Y quieren hacer muchas cosas —le guiñó un ojo a Zack—. Los hippies son de lo más creativo.

—Ah —Zack sonrió divertido ante el evidente afecto que se prodigaba la pareja—. En ese caso, me comeré una hamburguesa. Gracias, señora.

—Marchando una hamburguesa.

Josh retiró el pie de Wynn de su regazo y se levantó para saludar a Zack.

—¿Qué tal Eloise?

—Llamé al hospital antes de salir del trabajo. Tiene bronquitis. Con la medicina que le dieron, se siente mucho mejor.

—¿Tiene a alguien que cuide de ella?

Zack asintió sin mirar aún a Wynn. Si la miraba, tendría deseos de acurrucarla contra su pecho, acariciarla y mimarla.

—Se va a quedar una semana con su nieta hasta que se recupere.

Dani y Artemus pasaron junto a ellos bailando al compás de los Beach Boys.

—Una semana, ¿eh? —dijo Josh—. ¿Qué pasa con la ratita? ¿Quién va a cuidar de ella?

Zack miró a su hija y se echó a reír.

—Me las he arreglado para conseguir una semana de vacaciones antes de tiempo. No fue fácil, pero cambié las mías con Richards.

Josh parecía contento.

—Entonces estarás por aquí todos los días de esta semana —miró a Wynn.

—Eso es lo que acabo de decir —dijo, y se arrodilló delante de Wynn—. ¿Qué tal te encuentras?

—Bien.

Zack supo que estaba mintiendo. Tenía mala cara. Él la miró y frunció el ceño, como diciéndole que sabía cómo se sentía, y entonces ocupó el asiento de Josh. Zack le colocó el pie en su regazo para mirárselo.

Aún tenía el pie hinchado bajo las vendas y, por alguna estúpida razón, tuvo ganas de besárselo.

—¿Has tomado algo para el dolor? —le preguntó sin mirarla.

—Aspirina.

Josh se sentó sobre el brazo del sillón y se inclinó hacia los dos.

—Vosotros sabéis que el hielo es bueno para bajar la hinchazón, pero meterlo en agua caliente es lo mejor para el dolor.

Zack volteó los ojos; Josh no tenía tacto ninguno, ni tampoco conocimientos médicos.

175

Wynn lo miró.

—Estaba pensando en tu bañera, Zack —Josh se aclaró la voz y continuó—. Un buen vecino se ofrecería a permitirle que la utilice.

Sin volverse hacia ellos, Chastity comentó:

—Estoy segura de que se le habría ocurrido tarde o temprano.

Artemus se rio con satisfacción del humor cáustico de su esposa. Entonces le dio una vuelta a Dani y terminó el baile con una floritura.

Dani se acercó a ellos y, con toda la naturalidad del mundo, se subió a las rodillas de Wynn.

Zack tuvo que tragar saliva de la emoción de ver a su hija en brazos de su vecina. Pero Dani sonreía y parecía segura y totalmente a gusto.

Por esa razón, Zack maldijo para sus adentros.

Wynn no era la mujer adecuada para él. Cuando imaginaba a la mujer adecuada, imaginaba a una mujer discreta, circunspecta y responsable. Una mujer que fuera una buena influencia para su hija y la pareja que lo ayudara a educarla. Wynn era directa, impetuosa e irresponsable. No tenía cuidado ni pensaba las cosas antes de hacerlas. Conocía a demasiados hombres que la conocían demasiado bien... No, eso no era exactamente verdad, e de inmediato se sintió culpable por pensar de ese modo. Pero al mismo tiempo también se daba cuenta de que de pronto sentía celos cuando nunca en su vida los había sentido. Y eso también lo irritaba.

Wynn vestía provocativamente, no comía bien y decir que su familia era rara era decir poco. Pero ella era tan preciosa y sensual, que no podía dejar de pensar en ella.

¿Qué diablos debía hacer?

—Come —le dijo Chastity, como si le hubiera leído el pensamiento, y le pasó un plato con una deliciosa hamburguesa con lechuga, pepinillos y queso.

A Wynn le dio otra igual y a Dani un perrito caliente.

Todos los que estaban jugando al bádminton se acercaron y Conan presentó a Zack a su novia, Rachael. Esta era una mujer bonita y esbelta de estatura media. Iba vestida razonablemente con unos bombachos color tabaco y una camisa polo azul. Y ninguno de los hombres le daba palmadas en el trasero.

Sin embargo, en cuanto Wynn dijo que necesitaba entrar un momento, los chicos se pusieron en fila para ayudarla. Empezaron a bromear y a compararse los bíceps, intentando decidir quién era lo suficientemente fuerte para llevarla.

Zack no les dio la oportunidad de rozarle un pelo. La tomó en brazos y se puso de pie.

—Qué tontería, Zack. Soy capaz de andar, ¿sabes?

Wynn apoyó la cabeza en el hombro de Zack.

—Lo sé. Pero los demás no lo creen —se volvió hacia Dani—. Quédate aquí con Josh, cariño.

—¡Vale!

Zack fue hacia la puerta de atrás. Lo cierto era que estaba encantado de tenerla en brazos, de cargar con aquel peso suave y compacto. Le gustaba abrazarla, y de ninguna manera iba a permitir que ninguno de sus amigos la levantara en brazos y experimentara las mismas sensaciones que estaba sintiendo él.

—Solo te están pinchando —le dijo Wynn— y tú estás cayendo en su trampa.

Ella estiró el brazo para abrir la puerta de la cocina cuando Zack se paró delante.

—¿Adónde?

—Al baño.

Cuando se cerró la puerta, Zack le frotó la nariz contra la oreja.

—¿Vienes esta noche?

Ella lo miró sorprendida.

—Pensé que tenías planes.

—Estaré libre a las once. He tenido un día horrible y no puedo imaginar mejor manera de terminarlo que con una repetición de lo de anoche —le rozó los labios con los suyos—. Esto es, si tú puedes.

—¿Crees que me voy a echar atrás por un dedo roto de nada?

Zack la besó en el mentón y sintió que toda la tensión del día se disipaba solo con estar cerca de ella.

—De acuerdo —añadió Wynn—. Me doy por vencida. ¿Qué vas a hacer esta noche?

Estaban en el pasillo a la puerta del cuarto de baño. Wynn no le pidió que la dejara en el suelo y Zack parecía no tener prisa. Le miró la boca y gimió para sus adentros. Sintió que se empezaba a excitar y se controló.

—Van a venir Del y Mick. Ellos dos, Josh y yo vamos a ver la entrevista que Del grabó para su próximo libro. Va emitirse en canal...

Oyeron un golpe y, al levantar la vista, vieron a Conan desmayándose contra la pared, con el puño pegado al pecho.

—¿Delilah Piper va a estar aquí? ¿En la casa de al lado? Oh, Dios mío.

—Delilah Piper Dawson. Recuérdalo, ya te dije que a Mick no le gusta que utilice solo su apellido de soltera.

Conan alzó la mirada y suspiró ruidosamente.

—Una celebridad entre nosotros. Esperad a que se lo cuente a los demás.

—Conan —le dijo Wynn con sospecha—. ¿Qué estás haciendo aquí?

—Bueno... —vaciló Conan, al que habían pillado distraído—. He traído los libros de la señora Piper para dárselos a Zack.

—Ya.

—Pero ahora que sé que se los puedo dar yo mismo —se frotó las manos—. Estoy deseándolo.

Zack supuso que Conan había entrado a ver qué hacía su hermana; pero fuera lo que fuera, quedó olvidado mientras salía de la casa como una exhalación para compartir la noticia.

Zack miró a Wynn y entonces le dio un beso en el cuello.

Ella suspiró.

—Lo siento, Zack, pero me da la impresión de que la reunión con tus amigos acaba de irse al garete.

Él volvió a besarla.

—Estoy encantado de que venga Conan. A Del le hará ilusión y mantendrá a Mick alerta. Le fastidia cada vez que un hombre la mira con admiración, aunque sea por su trabajo.

—¿Zack?

—¿Mmm?

—Puedes bajarme ahora.

—No sé si quiero.

—Si no me bajas, no solo será Conan el que entre, sino también mis padres.

Con mucho cuidado, Zack la deslizó por su cuerpo hasta el suelo. Ella no le soltó los hombros ni dejó de mirarlo a los ojos.

—Me gusta tu uniforme. Es sexy.

Zack sonrió.

—¿De verdad?

—Y esto también es interesante —le pasó la mano por la pelusilla de dos días.

—Esta mañana no tuve tiempo de afeitar-me —dijo mientras restregaba la mejilla contra la suya; entonces le miró los pe-chos—. Pero me afeitaré más tarde. No me gustaría hacerte una escocedura.

—Zack...

Suspiró su nombre de tal modo, que Zack sintió la tentación de meterse con ella en el baño.

—Entra antes de que me meta contigo.

Ella esbozó una sonrisa insustancial y se metió en el cuarto de baño a la pata coja. Zack sacudió la cabeza y lo invadió una ter-nura y un deseo muy grandes. Su ridícula falsa valentía no debería hacerle sentir esas cosas. Ella misma no debería hacerle sentir esas cosas. Pero lo hacía, y Zack supo que estaba metido hasta las cejas.

El problema era que, por alguna extraña razón, no era capaz de hacer acopio de la energía suficiente para evitarlo.

Capítulo Diez

Eran las once y sus padres se habían retirado a su dormitorio hacía casi media hora. Wynn los oía charlando y riéndose. Como sus padres seguían retozones incluso después de tantos años, Wynn se dijo que no debía olvidar encender el ventilador del techo de su dormitorio cuando se acostara esa noche.

Desgraciadamente, estaba casi en casa de Zack cuando se dio cuenta de que varios coches seguían a la entrada de la casa de su vecino. Se veía que sus amigos aún no se habían marchado. Estaba a punto de darse la vuelta cuando una voz de mujer le dijo:

—Tú debes de ser Wynn.

Wynn se quedó helada. Zack tenía encendida, igual que ella, la luz del porche y sabía que la mujer la estaba viendo. Aun así, pensó en esconderse.

—Soy Del —dijo la mujer en tono amable—. Ven a charlar con nosotros.

Wynn no se había unido al grupo de su hermano y sus amigos cuando estos habían ido a besarle los pies a la escritora. A ella no le iban mucho las novelas de misterio y, por otra parte, no quería ser pesada con Zack.

Le dolía el pie y sintió vergüenza porque iba en albornoz, pero avanzó e incluso sonrió.

—Hola. Sí, soy Wynn, una vecina.

Delilah Piper Dawson estaba apoyada contra un árbol. Cuando Wynn se acercó, Del le dio la mano.

—He oído hablar mucho de ti.

—¿Ah, sí?

¿Quién le habría hablado de ella? ¿Zack? Wynn se acercó un poco más.

Aunque Delilah era una mujer alta, Wynn le sacaba una cabeza. Del tenía una de esas figuras esbeltas que hizo que Wynn se sintiera como una leñadora.

—¿Te vas a la cama? —le preguntó Delilah al ver cómo iba vestida.

—Oh, no —dijo—. Llevo puesto el bañador. Hoy me rompí... esto, un dedo, y Zack me invitó a utilizar su bañera de hidromasaje.

—¡Es verdad! Me lo habían contado también.

Wynn miró a la mujer.

—¿Qué es exactamente lo que te ha contado Zack?

—Bueno, no mucho. Zack, como te habrás dado cuenta, es muy reservado —dijo Delilah—. También es muy tranquilo —añadió—. Pero tanto Josh como Mick me han dicho que, cuando está contigo, cambia por completo. Pierde los estribos, y no deja de quejarse y gruñir. Me encanta. Fue tan divertido cuando empezó a decir que quería buscar esposa. Tenía todas estas nociones estúpidas sobre lo que debía reunir la candidata —Delilah sacudió la cabeza y su preciosa melena negra, lisa y reluciente, brilló bajo la luz de la luna. Wynn se tocó el cabello, que había recogido en un moño sobre la cabeza.

—Deja que te avise de una cosa. Si te casas con Zack, querrán que te vistas de novia para la boda.

Delilah lo dijo como si eso fuera lo peor de todo. Pero como a Wynn tampoco le gustaba mucho emperifollarse, la comprendió perfectamente.

Del hizo una mueca.

—Pero teniendo en cuenta los resultados finales, no es tan malo.

Wynn miró a uno y otro lado, sin saber cómo responder a eso.

—No nos vamos a casar. Zack no va en serio conmigo. Quiere... Bueno, solo me desea —añadió. Pero no para casarse conmigo.

Delilah la miró y entonces la agarró del brazo.

—Vamos a sentarnos. Tú tienes el dedo roto y yo te tengo aquí de pie compartiendo confidencias —la agarró del brazo y avanzaron con cuidado—. No hagamos ruido. Los chicos están cotorreando. Salí a tomar un poco el aire, pero no quiero que se unan a nosotros aún.

Se detuvieron junto a la bañera y Delilah se sentó en el borde y cruzó las piernas.

—Las cortinas del patio están echadas, de modo que no nos verán. Puedes meterte si te apetece.

Wynn sacudió la cabeza.

—De acuerdo, pero volvamos al asunto del sexo.

—Yo no he dicho eso exactamente —dijo Wynn, que no tenía ni idea de por qué le había confesado eso a una extraña.

—No pasa nada. La gente siempre me confía cosas. Soy escritora, ya sabes.

Wynn no sabía qué tenía eso que ver con nada.

—Tu hermano me contó muchas cosas sobre ti. Dice que nunca te ha interesado un hombre tanto como Zack.

—Voy a matarlo.

Delilah se echó a reír.

—No te preocupes. Nadie lo oyó. Pero deberías saber que Zack siente lo mismo. Pensé que Mike era raro cuando lo conocí, pero Zack es aún peor. Josh, sin embargo, no conoce límites cuando se trata de mujeres.

—Creo que Josh es un conquistador —comentó Wynn—. Es así.

—Le gusta pensar eso —dijo—. Desgraciadamente, las mujeres están de acuerdo con él. Pero volvamos a vosotros dos. Lo que quiero decirte es que, hagas lo que hagas, no te eches atrás. Yo estuve a punto de darme por vencida con Mick, pero afortunadamente su familia me convenció para continuar. Ya que nosotros nos consideramos prácticamente familia de Zack, me siento obligada a darte el mismo consejo.

Wynn se sentó junto a Delilah en el borde de la bañera y dejó caer la cabeza hacia atrás.

—No me extraña que a Zack no le interese tener nada serio conmigo. Cada vez que estoy con él, termino haciendo alguna tontería.

—Mmm —Delilah se puso de pie y empezó a pasearse de un lado a otro; llevaba unos pantalones cortos de globo y una camiseta blanca, y aun así su aspecto era de lo más femenino—. Creo que deberías decirle a Zack lo que sientes.

—¿De verdad? —Wynn hizo una mueca solo de pensar en hacerlo—. ¿Eso fue lo que tú hiciste con Mick?

Ella se echó a reír.

—Totalmente. El pobre Mick no sabía qué

pensar de mí. Pero no estoy acostumbrada a ocultar mis sentimientos, sobre todo cuando son tan fuertes. Supe casi desde el momento que lo vi que lo quería para mí sola.

Wynn asintió. Ella sentía lo mismo hacia Zack. Casi desde el principio había percibido lo maravilloso que era.

—De acuerdo —dijo Delilah—. Quítate el albornoz y métete en la bañera. Mick, Josh y yo nos iremos y te enviaré a Zack. ¿Cómo es tu bañador? —abrió mucho los ojos—. ¿O no llevas nada? —le preguntó con delicia.

—¡Por supuesto que llevo! —exclamó Wynn—. No saldría desnuda de mi casa.

Delilah parecía decepcionada.

—De acuerdo, déjamelo ver.

—Es... algo pequeño.

—¿Para provocar a Zack? Buena idea, aunque en realidad no es tan buena como estar desnuda. Además, él no necesita provocación alguna. Ha pasado toda la noche nervioso e impaciente. Todos sabíamos que quería que nos marcháramos para estar contigo, así que Mick y Josh se empeñaron en quedarse un rato más para ver a Zack poniéndose nervioso —Delilah sacudió la cabeza—. Están todos locos, pero los quiero —Delilah dejó de hablar un momento, y entonces se aclaró la voz—. ¿Puedo ver el bañador?

A Wynn, que no tenía ninguna amiga íntima, Delilah le había caído bien inmediatamente.

—De acuerdo, pero no te rías.

—¿Por qué iba a reírme?

Wynn se abrió el albornoz. No estaba desnuda, pero el tanga de ganchillo era lo más
parecido a estarlo.

Delilah silbó.

—Zack tendrá suerte si consigue durar
media hora. Estás estupenda. Como una
modelo.

Wynn se cerró el albornoz.

—La única vez que Zack y yo hicimos el
amor estaba oscuro como la boca del lobo y
no me vio bien.

—¡Pues con ese bikini te va a ver de maravilla! ¿Me llamarás mañana para decirme
qué tal te ha ido?

Wynn se quedó estupefacta.

—Bueno, claro. Sí.

—¡Espera! Mejor aún; podemos comer
juntas. Acabo de terminar un libro, de modo
que tengo algo más de tiempo libre. Necesito dejar descansar el cerebro antes de empezar a idear otra trama. ¿Dónde trabajas?
Podría ir a buscarte.

Conmovida por el entusiasmo de Delilah,
Wynn le dio la dirección del gimnasio de su
hermano.

—Conan se hará pipí encima si te ve allí.

—Tu hermano es un verdadero cielo. Me encanta conocer a mis lectores. En realidad, no se lo digas aún, pero estoy pensando situar una historia en un gimnasio.

Wynn estaba encantada.

—Creo que es interesante. Seguro que Conan estará encantado de ayudarte y contestar a cualquier pregunta que quieras hacerle.

—Estupendo. ¿A qué hora quieres que almorcemos? —preguntó Delilah.

—¿Te parece bien que pase a las once y media?

—Perfecto. Estaré allí. Ahora métete en la bañera y enseguida te envío a Zack.

—Encantada de conocerte, Delilah.

Delilah volvió la cabeza.

—Lo mismo digo. Y llámame Del.

Wynn se quedó mirándola, sintiendo como si hubiera pasado un tornado por allí. Entonces pensó que Zack saldría de un momento a otro; no quería tener que quitarse el albornoz delante de él. Así que lo dejó sobre una silla y se metió en el agua tibia. Los chorros aún no estaban encendidos, pero el agua estaba que daba gloria, y le cubrían la mayor parte de su cuerpo desnudo. Solo esperaba que Zack apreciara su falta de pudor.

En cuanto Zack, gracias a Del, consiguió librarse de Mick y Josh, cerró la puerta de la casa con cerrojo y corrió al patio. Dani llevaba mucho rato dormida, sus amigos se habían ido y Wynn lo esperaba ya en la bañera. Finalmente, el día empezaba a ponerse interesante.

Descorrió las cortinas de la puerta que daba al patio y miró a Wynn unos segundos antes de abrir las puertas y salir. Estaba preciosa, aunque solo la veía de hombros para arriba.

Tenía el disparatado cabello recogido en un moño sobre la coronilla, pero se le veía distinto por el efecto del vapor de agua. En las sienes despuntaban minúsculos bucles dándole la apariencia de un polluelo recién nacido.

Zack sonrió y tuvo que admitir que no solo fue el deseo lo que le atenazó la garganta.

—Eh.

Wynn levantó la cabeza y lo miró.

—Hola.

Sin dejar de mirarla, empezó a desabotonarse la camisa.

—De haber sabido que estabas aquí, habría salido antes.

—No pasa nada; no quería interrumpir tu visita.

—¿Te ha gustado charlar con Del?

Más que nada, se preguntaba de qué habrían hablado. Claro que, con Del, quién sabía.

—Es estupenda, ¿verdad?

—Del es un cielo —dejó su camisa y se sentó en una silla para quitarse los zapatos—. Mick está loco por ella.

Después de quitarse los zapatos y de dejarlos a un lado, se puso de pie para desabrocharse los pantalones.

—No me voy a molestar en ponerme el bañador. ¿Te importa?

Wynn le miró el abdomen y sacudió la cabeza. Ya estaba tan excitado, que resultaba imposible no notar su erección. La deseaba, mucho más aún desde que había estado con ella y sabía lo increíble que era.

Estaban rodeados por una valla que impedía que nadie los viera. Aun así, se metió dentro y apagó las luces, dejando la bañera en penumbra.

Wynn protestó levemente, y Zack se echó a reír.

—Tus ojos se acostumbrarán a la oscuridad, pero no quiero arriesgarme a que aparezcan tus padres o cualquiera.

—Están en la cama —dijo—. A no ser que ocurra un desastre natural, no saldrán de ella.

Zack se sacó la cartera del bolsillo. Sacó dos condones y los dejó a mano. Entonces se quitó los pantalones y los calzoncillos y los colocó sobre el respaldo de la silla.

—¿Quieres que ponga los chorros? —le preguntó mientras se metía en la bañera—. ¿O te gusta así?

Wynn tragó saliva. Estaba delante de ella, y notó su mirada como un dardo de fuego acariciándole la entrepierna. Separó las piernas y esperó.

—¿Zack?

—¿Sí?

—Ya se me han acostumbrado los ojos a la poca luz.

Él sonrió y fue a sentarse, pero ella lo agarró de las caderas.

—No, espera un momento. Deja que... Mira. No te toqué mucho la otra noche. Después lo pensé; pensé que podría haberlo hecho, pero que no lo hice. Ahora puedo.

Le deslizó las manos por los muslos, abajo y arriba. Zack observó cómo lo miraba ella, y le resultó tan erótico que estuvo a punto de no poder aguantarlo.

—Casi no te di la oportunidad de hacerlo.

—Estuviste de maravilla.

Sin decir más, se inclinó hacia delante y le acarició los testículos. Tenía las manos calientes del agua, mojadas y sedosas. El corazón empezó a latirle con fuerza.

Con la otra mano empezó a tocarlo por todas partes, excepto donde más deseaba que lo tocara. Su miembro latía y se extendía, pero ella lo ignoró mientras le pasaba las palmas de las manos mojadas sobre el trasero, las caderas, los muslos, con una suavidad y una curiosidad que lo excitaron en extremo.

Cuando se inclinó hacia delante y le plantó un beso en la cadera, él gimió.

—Wynn, eres una provocadora.

—No. Solo es que te deseo tanto. Todo entero.

Como ella era tan abierta, tan valiente, Zack supo que no mentía.

Por eso no pudo soportarlo y lo agarró de la mano, que no paraba de moverse, y se la puso donde más quería que ella lo tocara.

—Aquí, Wynn —le dijo, y ella lo agarró con dulzura.

—¿Te gusta? —le preguntó mientras levantaba la cabeza y lo miraba con sus preciosos ojos.

Una mujer con las manos grandes era una bendición, pensaba Zack. Lo agarró a la perfección, con firmeza pero con cuidado, con suavidad pero con fuerza. Un gemido de placer escapó de sus labios.

—Sí…

Sin soltarlo, Wynn se puso de rodillas despacio. Al hacerlo, Zack le vio los pechos, apenas contenidos en la minúscula parte de arriba del bikini. Mientras tanto, Wynn no dejaba de acariciarlo.

—Es suficiente —le dijo, y le tomó las manos.

—Pero…

Tiró de ella con cuidado y la abrazó por la cintura.

—Cuidado —dijo mientras la miraba con deseo—. No te hagas daño en el pie.

Ella le sonrió.

—¿Qué pie?

Él también sonrió mientras empezaba a acariciarle los pechos.

—Dios, eres preciosa.

—Soy enorme —contestó.

—Y sexy.

—Es la primera vez que me pongo un bikini como este.

—Gracias a Dios.

—Mi madre me lo compró cuando intentaba casarme.

Inmediatamente, Zack levantó la cabeza.

—¿Cómo?

Wynn se encogió de hombros.

—Te dije que no salgo mucho. Eso molesta a mis padres. Ellos se conocieron jóvenes;

siempre han sido felices y quieren que yo sea feliz.

Zack la abrazó con cuidado, intentando ahogar la sensación de náusea que de pronto tenía en el estómago.

—¿Necesitas casarte para ser feliz?

Ella desvió la mirada.

—No tengo prisa.

No estuvo seguro de que esa respuesta le gustara demasiado.

—¿Por qué no?

—Como tú, creo que estoy buscando a alguien especial. Debe de ser por eso que no me atraen demasiados hombres, ¿entiendes? Y acabo de comprarme mi propia casa. Quiero disfrutar de ella un tiempo antes de tener que empezar a cambiar otra vez las cosas.

—Entiendo —dijo, aunque en realidad no entendía.

—¿Podemos dejar de hablar ahora?

—Quieres continuar, ¿verdad?

Ella le acarició el pecho y después más abajo.

—Sí, quiero continuar.

Zack se sentó en el asiento de la bañera.

—Ven aquí, Wynn.

Wynn se acercó y él le desabrochó la parte de arriba del bikini, que dejó junto a la bañera.

—Uno de estos días —empezó a decir—

voy a hacerte el amor al sol para poder verte bien.

Antes de que pudiera responder a eso, se inclinó hacia delante y empezó a succionarle el pezón derecho.

—Zack... —gimió sin poder contenerse; él hizo lo mismo con el otro pecho y Wynn continuó gimiendo en tono bajo—. Ya estoy lista, Zack —le susurró con urgencia.

—Imposible —contestó Zack—. Acabamos de empezar.

—Pero llevo pensando en esto todo el día, incluso durante la estúpida fiesta —levantó la cara para mirarlo—. Por favor, Zack.

Él la miró mientras le deslizaba los dedos por debajo de la braga del bikini. El agua estaba caliente, pero ella estaba aún más caliente, húmeda y resbaladiza. Le retiró la mano y le bajó la braguita del bikini apresuradamente. Entonces se levantó y se sentó en el borde de la bañera para ponerse uno de los condones. Después de ponérselo, se sentó de nuevo en el borde del asiento.

—Siéntate a horcajadas encima de mí, Wynn.

Y lo hizo. Sus pechos se deslizaron sobre el pecho de Zack. Sus cuerpos estaban calientes, mojados y resbaladizos. Zack la ayudó a colocarse, con cuidado de no rozarle el pie malo.

—Apoya las manos en mis hombros.

Ella lo hizo y Zack la penetró mientras ella gemía suavemente. La besó en el cuello, lleno de emoción, de placer, de tanto placer que casi le produjo dolor. La agarró con cuidado y, en lugar de embestirla con fuerza, se balanceó junto con ella sin dejar de besarla y de susurrarle al oído palabras dulces. Había tantas cosas que deseaba decir; claro que, ni él mismo entendía ya qué fuerza lo empujaba. Solo sabía que la deseaba, y en ese momento la tenía entre sus brazos.

Cuando sintió que los músculos de Wynn le apretaban el miembro, metió la mano entre sus cuerpos y la ayudó a alcanzar el clímax. Ella le mordió el hombro mientras llegaba a la cima y le lamió los labios cuando él hizo lo mismo segundos después.

Entonces apoyó la cabeza sobre el hombro de Zack y dijo:

—¿Crees que alguna vez haremos el amor en la cama?

Zack quería decirle que sí, que se irían a su cama inmediatamente. Cuanto más la veía, más deseaba estar con ella. No quería darle las buenas noches y enviarla a su casa. Quería abrazarla toda la noche, despertarse con ella por la mañana, compartir el desayuno con ella y con Dani, e incluso discutir con ella.

Pero no había nada decidido. No solo tenía que pensar en él, sino también en su hija.

—Tengo una semana libre. Dani va al parvulario dos tardes a la semana, así que la casa estará libre esas tardes. Si puedes tú escaparte un rato...

Ella le dio un beso en la barbilla.

—Lo haré. ¿Pero... Zack?

—¿Sí?

Acababa de amarla y ya estaba pensando en hacerlo otra vez. Estaba obsesionado.

—¿Estás viendo a alguien ahora mismo?

—No. ¿Por qué?

—Dijiste que estabas buscando una esposa. Y como dijiste que tenías planes para mañana por la noche también, me preguntaba por qué.

Él sonrió.

—Mañana pensaba hacer limpieza, eso era todo.

—Ah —entonces levantó la cabeza y lo miró—. Si quieres ver a otra persona, quiero que me lo digas.

—¿Por qué? —le preguntó mientras le acariciaba la mejilla.

—Porque entonces no querré verte más.

Solo de oírselo decir, le dieron ganas de ponerse a gritar.

—De acuerdo —le pasó el pulgar por el labio inferior—. Yo siento lo mismo.

Capítulo Once

—¿Te das cuenta de que hace un mes que no vamos a casa de Marco?

Zack, sentado a la mesa de la cocina, miró a Josh. Antes, Josh, Mick y él iban a casa de Marco a comer una vez por semana. Ahora Mick estaba casado y Zack... Desde hacía tres semanas le gustaba pasar su tiempo libre con Wynn. Le había robado el pensamiento, el ánimo y seguramente también el corazón. Ese pensamiento lo sacudió por dentro y se puso de pie para pasearse de un lado a otro.

Mick se echó a reír.

—Ya está otra vez.

—Wynn lo tiene dominado —rio Josh—. Eso no le vendrá bien. A ti te pasó lo mismo.

Mick se encogió de hombros.

—Enamorarse da miedo.

Zack se volvió a mirarlos con expresión ceñuda. ¿Enamorarse? No la conocía desde hacía mucho, solo algo menos de un mes, pero lo que sí sabía era que Wynn no tenía lo que él siempre había deseado en una esposa. Sin duda tenía lo que a él le gustaba, pero eso no era lo apropiado para el padre de una niña pequeña.

—Mierda —dijo en voz muy baja.

—Oh, déjalo, Zack —Josh le lanzó una patata frita que le rebotó en el pecho—. Vas por ahí con cara de muerto, y no hay razón para ello. Dile lo que sientes y ya está.

En ese momento, Dani estaba en casa de Wynn. Estaban sentadas en la hierba, con un rollo de papel gigante entre ellas y pintando con los dedos. Gracias a Chastity, se había convertido en el pasatiempo favorito de la niña. Ella y Artemus, con sus deliciosas y entrañables excentricidades, se habían convertido en los abuelos adoptivos de Dani, y la niña les tenía un gran afecto. Aún no habían encontrado una casa, pero Zack sabía que cuando se mudaran, la niña los echaría mucho de menos.

Se acercaba la noche de Halloween, y una fresca brisa otoñal entraba en ese momento por la ventana de la cocina y por la puerta mosquitera. Zack, sin embargo, estaba sofocado de lo nervioso que se sentía. Se sentó de nuevo en su silla y dijo:

—No sé.

Mick dio un sorbo de café.

—¿Qué es lo que no sabes?

—Nada. No sé lo que hacer, ni lo que siento.

—Es una mujer de lo más especial, Zack —dijo Josh.

Zack apoyó la cabeza en la palma de la mano.

—No es lo que estaba buscando.

—Yo no estaba buscando a nadie cuando conocí a Delilah. Eso da lo mismo, Zack.

—No puedo pensar solo en mí mismo.

Josh ladeó la cabeza.

—¿Qué diablos quiere decir eso?

—Quiere decir que tengo una hija. Debo pensar en Dani.

—Dani la adora, y viceversa.

Zack se agarró un mechón de pelo con fuerza.

—Quería una mujer casera, una persona tranquila y razonable.

Josh se echó a reír a carcajadas.

—Casera lo es. ¿Pero tranquila y razonable? ¿Y dices que quieres que sea una mujer? Buena suerte.

—¿Tienes algún problema con las mujeres, Josh? —le preguntó Zack con suspicacia.

Mick sonrió.

—Con una mujer. Se llama Amanda Barker y es la que está organizando el calendario con fines caritativos. Bueno, ya han empezado a hacer los reportajes fotográficos y Josh no ha accedido aún. Ella se está poniendo... insistente. Parece que no acepta un «no» por respuesta.

—Es un petardo —Josh se encogió de

hombros—. Vaya donde vaya, me la encuentro. Pero yo le hago caso y ya está.

Josh se recostó en el respaldo y colocó las manos detrás de la nuca.

—Sí, claro. Como que tú no haces caso a ninguna mujer.

Josh se cruzó de brazos tranquilamente.

—No es como Del o Wynn.

Tanto Mick como Zack se pusieron inmediatamente derechos.

—¿De qué hablas?

—Son mujeres de verdad, directas, graciosas, sencillas. No lloriquean ni se quejan para conseguir lo que quieren, y no se tocan continuamente las uñas y el pelo. Esa sencillez en una mujer me gusta —le dio un codazo a Mick—. Ambas son lo que cualquier hombre podría desear... y más.

Mick miró a Zack.

—¿Quieres matarlo tú o lo hago yo?

Zack sacudió la cabeza. Todo lo que Josh decía era cierto. Wynn trabajaba con ímpetu, jugaba y se reía con ímpetu, y no parecían preocuparle las típicas cosas que le preocupaban a las mujeres. Ni por asomo se la imaginaba quejándose.

—Tu Amanda parece una mujer responsable.

—No es mi Amanda. Y Wynn también es responsable.

Zack se puso de pie otra vez.

—¡Ja! Wynn es escandalosa. Habla sin pensar, actúa sin tener en cuenta las consecuencias. Va por ahí como si fuera un hombre, y viste de un modo tan sexy que me vuelve loco.

Mick y Josh se miraron.

—¿Cómo demonios voy a vivir con alguien así?

Mick miró su taza de café y habló sin mirar a Zack.

—¿Y cómo vas a vivir sin ella? —le preguntó en voz baja.

Zack se echó para atrás.

—Dani nos tiene a nosotros para enseñarla a hacer cosas de chicos. Yo quiero una mujer que sea una buena influencia en ella, alguien que haga todas esas cosas femeninas que acabas de mencionar, Josh. Alguien que sea un modelo para ella a seguir.

—Eres un imbécil, Zack —Josh sacudió la cabeza apenado—. Wynn es maravillosa. Es independiente, inteligente y honesta. Sí, dice lo que piensa. ¿Y qué? Así siempre sabrás lo que tiene en la cabeza. Y a mí me gusta cómo viste.

Zack estuvo a punto de ponerse bizco. Josh no se había enterado. Abrió la boca para explotar de frustración y entonces vio que Wynn estaba allí, justo delante de la puerta abierta de la cocina.

—Ay, por favor.

Sin decir nada, Wynn se dio la vuelta y se marchó a toda prisa. Inmediatamente, Zack fue tras ella y sus dos amigos se levantaron y salieron de la cocina. Aquella endiablada mujer no le había dado la oportunidad de explicarse siquiera.

Como iba muy deprisa y ella aún tenía el pie débil, Zack fue salvando poco a poco la distancia. En el patio de Wynn vio que su hija y Chastity levantaban la cabeza. Artemus y Conan, junto con Marc, Clint y Bo, levantaron la vista. Detrás de él oyó a Mick y a Josh.

Entonces la agarró del brazo; pero ella se volvió hecha una furia y soltó un grito de guerra que lo pilló por sorpresa. Le dio un tirón del brazo, le puso la zancadilla y él cayó al suelo.

Durante unos segundos, Zack se quedó tumbado de espaldas, con la vista fija en el cielo azul, oyendo risas y susurros que solo consiguieron enojarlo más.

Wynn se inclinó sobre él; tenía los ojos rojos y la boca apretada.

—No vuelvas a tocarme. ¿Quieres librarte de mí? ¡Pues bien, ya te has librado!

Rápidamente, él la agarró del codo y la tumbó a su lado.

—¡Ay, mi pie! —gritó, y Zack se quedó

helado al pensar que podría haberle hecho daño en el pie.

En el mismo momento, Conan gritó:

—Es un truco.

Pero era demasiado tarde. Wynn aterrizó encima de él; le plantó las rodillas en los hombros y el trasero sobre el diafragma, de modo que Zack apenas podía respirar.

—Para que te enteres, cretino miserable, nunca te pedí ser tu esposa. En cuanto a eso, jamás sería tu esposa ya ni aunque me lo pidieras de rodillas.

Zack consiguió no echarse a reír, aunque le costó trabajo.

—Estabas escuchando las conversaciones ajenas.

—Otro de mis horribles defectos —dijo con sorna—. Pero no te preocupes —se inclinó hacia delante, casi arropándolo con sus pechos—. No volveré a molestarte. Eres libre para irte a buscar la mujer que estás buscando. ¡Te deseo suerte!

Wynn fue a levantarse, aún con cierta dificultad puesto que el dedo no se le había terminado de curar, pero Zack la atrapó con sus piernas.

—¡De eso nada! —la hizo caer de nuevo y se tumbó sobre ella—. Después de lo que has hecho, no voy a dejar que te marches así.

—Hago lo que me apetece. ¡No es asunto tuyo! —lo miró con desdén, pero Zack vio que le temblaba el labio inferior—. Ya no.

Le dolió el corazón y sintió una gran emoción.

—Wynn...

Ella movió la cabeza de un lado a otro, pero no pudo soltarse.

—Ni siquiera sé por qué me he molestado contigo.

Zack oyó comentarios en voz baja. Se dio la vuelta y vio que todos se habían reunido alrededor de ellos dos.

—No me vas a dejar.

Entonces Zack se inclinó para besarla. Ella estuvo a punto de morderle, pero él se echó a reír y se retiró.

—Te quiero, Wynn.

Abrió como platos sus preciosos ojos dorados, y ambos resoplaron cuando Dani se montó sobre la espalda de su padre y empezó a saltar.

—¡Nos quedamos con ella, nos quedamos con ella!

Zack se volvió sonriendo.

—Aún no, cariño. Primero tiene que decirme que me quiere también.

Dani se tumbó sobre Zack, se asomó por el hombro de su padre y le acarició la mejilla a Wynn.

—Quiero que seas mi mamá.

Wynn aspiró hondo, pero temblaba de arriba abajo.

—Oh... —y sin poder evitarlo, se echó a llorar.

Zack volvió la cabeza y besó a su hija en la mejilla.

—Muévete, Dani.

—Sí, papá.

Zack acarició a Wynn con la nariz.

—Necesitamos un poco de intimidad, cariño. No me rechaces, ¿vale?

Ella asintió. Conociendo a Wynn como la conocía un poco, se le ocurrió que unas lágrimas eran para ella una gran humillación. Y él le permitiría esconder sus lágrimas de los demás, pero no quería que le escondiera nada a él.

Zack se puso de pie, se echó a Wynn al hombro y se dio la vuelta para ir hacia su casa.

Conan gritó:

—Por una vez en tu vida, Wynonna, sé razonable. No lo estropees todo.

Bo, Clint y Marc se echaron a reír, dándole sugerencias a Zack para dominarla.

—¡Cuidado con sus piernas!

—¡Si se pone gallito, recuerda que tiene cosquillas!

Zack agitó la mano que tenía libre en señal de agradecimiento.

Entonces Artemus dijo:

—Cariño, pienso hacerte algo en el pelo para el día de la boda, de modo que ya puedes ir acostumbrándote.

Zack, sonriendo como un idiota, se dio cuenta de que se sentía mejor que bien. Se sentía... increíble.

Cruzó la cocina y el salón, subió las escaleras de dos en dos, entró en su dormitorio y dejó a Wynn en la cama.

—Vaya, cómo pesas —dijo mientras se frotaba la espalda.

Ella le echó los brazos.

«Sorprendente», pensaba Zack mientras se deleitaba viéndola allí en su cama y sabiendo que quería verla en aquel lugar cada día de su vida. Se tumbó encima de ella.

—Te quiero —volvió a decirle.

Ella lo abrazó con fuerza.

—Yo también te quiero.

La emoción lo ahogaba.

—¿Lo suficiente como para casarte conmigo y ser la mamá de Dani?

Ella lo empujó.

—No voy a cambiar por ti, Zack —dijo con ojos brillantes—. Soy quien soy, y me gusta cómo soy.

—A mí también me gusta cómo eres —le besó la punta de la nariz y sonrió—. Me das un miedo horrible, a veces me pones furioso o me haces sentir unos celos tremendos, pero no te cambiaría por nadie, cariño. Bueno, excepto que voy a tener que insistir en que todos los demás hombres dejen las manos quietas en lo que a ti respecta.

Ella se echó a reír, pero enseguida se puso seria.

—Deseaba tanto ser la mamá de Dani. La quiero tanto —se le volvieron a saltar las lágrimas—. Ay, Dios mío, qué terrible es esto —dijo, y se enjugó las lágrimas en el hombro de Zack.

Zack sonrió.

—¿Qué te parecería darle un hermanito a Dani? Eso también me lo ha pedido varias veces.

—¿De verdad?

—Sí. El primer día que me explicó que quería quedarse contigo.

Wynn aspiró hondo.

—Tengo veintiocho años. Me gustaría tener un bebé antes de los treinta.

—¿Quieres que nos pongamos ahora mismo? —la besó de nuevo—. Estoy listo, cuando tú quieras. Y te amo.

Ella se atragantó un poco y entonces sacudió la cabeza.

—Si Josh me viera aquí lloriqueando como una boba, se quedaría horrorizado.

Zack le besó las mejillas húmedas y la comisura de los labios.

—¿A quién le importa lo que piense Josh?

—A mí. Después de todo, él es quien te hizo cambiar de opinión.

Zack se echó a reír.

—Yo ya sabía que te amaba, y puedes creer que Josh no tuvo nada que ver con esto.

—Bien. ¿Entonces qué era lo que estabas diciendo en la cocina?

Él se encogió de hombros.

—Solo estaba fanfarroneando, adoptando la pose que tomaría un hombre respetable —entonces la miró—. Tú deberías entender eso.

Ella hizo una mueca.

—Te oí, Zack. No soy lo que quieres.

—Pero sí eres quien yo amo. Quien yo necesito —le agarró la cara y la besó—. Desde que te conocí, he estado pensando en dejar el trabajo de campo y en hacerme instructor. Incluso ya he dado algún paso en esa dirección.

—¿De verdad?

—Y he pensado en trasladar la habitación de Dani a la de invitados; hace tiempo que me lo pidió porque la otra es más grande, pero siempre he querido que estuviera cerca y, hasta que te conocí a ti, nunca había pensado en tener a una mujer en casa con Dani. Entonces empecé a pensar en trasladar a Dani para tener más intimidad.

Ella arqueó las cejas.

—Sí que haces mucho ruido cuando te excitas —le dijo con seriedad—. Gimes y gruñes, y si te toco ahí, gritas y...

Zack le retiró la mano y la besó entre risas.

—Wynn, sé que no serás fácil de controlar, pero...

—¡Controlar!

Fue a agarrarlo, pero él la inmovilizó sobre la cama.

—Pero gracias a eso vamos a pasar mucho tiempo luchando —meneó las cejas—, y haciendo otras cosas. Y ahora que he tomado una decisión, deberías saber que no soy nada dulce. En realidad, soy despiadado cuando quiero algo... o a alguien.

Wynn dejó de forcejear y lo miró con timidez.

—¿Y me quieres a mí? —él se pegó más a ella y, al notar la fuerza de su erección, sonrió—. Bueno, como nos queremos, creo que deberíamos casarnos.

Zack se desplomó sobre ella.

—Gracias a Dios. Sí que sabes quitarle el suspenso a las cosas, ¿eh?

—Hay algo que quiero que deberías saber.

Él abrió un ojo.

—Mis padres ya me han dicho que si nos casamos, quieren quedarse con mi casa —Zack soltó una exclamación entrecortada, pero ella continuó—. Creo que sospechaban que esto podría ocurrir, y por eso no han hecho demasiado esfuerzo por encontrar casa.

—Me gustan tus padres, y también a Dani. Mientras tú vivas conmigo, el resto no me importa.

Unos minutos después, Zack se apartó un poco de Wynn y miró a su futura esposa de arriba abajo. Entonces la miró a la cara y se puso serio.

—Wynn, hay algo que debo decirte.

Ella lo miró alarmada.

—¿Qué ocurre?

—Creo que vamos a tener que comprar una cama más grande.